U0131426

在船上

目次

小說類

散文類

新詩類

在船上

小說類

首獎

蕭培絜

她總覺得哪裡不對勁。

早晨的咖啡已經喝過了，原來使用的杯子放在原處，裡頭是殘留的咖啡色汙漬，看起來讓人以為一天已經過了一半而疲倦。然而並不是，丈夫才剛離開家去上班，她想像著他在地鐵裡和別的上班族比賽一樣飛快行走的樣子。她站起來把杯子拿去廚房清洗。

沒有別的聲音，除了水，水流從亮晶晶的水龍頭裡流出來，帶著均勻的波紋，在她的手背上濺開，是那種溫馴的水。她以前看過從舊水龍頭噴出的分岔的水，看起來很沒有教養。

廚房裡的東西大致和水龍頭一樣新。他們搬進來不到一年，所有的一切都是公司附的。她倒不會像有些人一定要有自己的物品。她自認對東西有相當淡漠而中立的態度。她的丈夫不是這樣。

他做大量的西裝，到了別人到家裡不小心看到會倒吸一口氣的地步。她常佩服的看他假日花大量的時間在整理他的西裝，這點他喜歡自己進行，拿去乾洗店，拿回來，把鞋子拿去店裡保養，因為是兩個方向，他甚至會把剛領回來的衣服先小心的拿回家裡掛好，確定它們之間的塑膠套是均勻平整的，再度出門把鞋子拿去。她對他的這種行動力嘆為觀止。

在婚前他們短暫的交往時，她曾經因為這點而懷疑他是同性戀，即使他當時表現出來的講究程度只是冰山一角。後來他們就結婚了，並不是她掌握了確切證據知道他不是，而是她發覺就算是也無所謂。她當時剛結束了一段感情，那炙熱的程度讓她自己，和觸及的一切幾乎都碰的燃燒成灰燼，只有他彷彿完全不為所動，靜靜的做著自己的事。她被那冷淡吸引了，發現自己可以藉此冷靜下來。

婚後她發現這個冷靜不是針對她的。丈夫雖然英俊，又從事專業的工作，對人好像不太有辦法。他好像餐廳裡走過而目不斜視的服務生，在背後喊破喉嚨也不會停步。對和人之間那冷硬的距離也完全不會奇怪，一心一意的在一天內做著工作，第二天再重複一次。

她沒多久就對那放下心來。

那也沒關係，她想，甚至是剛好。她曾經非常相信言語，和那帶來的一切。她曾在黯黑的深夜對著話筒，那後面連接著線，穿過深海通往地球的另一端，把心都掏出來的那樣說話，那樣的言語讓人昏沉，像喝酒，手腳沉下去而心臟跳得很快，和那一端一樣的節奏，咚咚，咚咚，咚咚咚。

她以為。

她如今享受著這安靜，和這冰涼涼的感覺。那彷彿帶著金屬的質地，一下敷上她發燙的皮膚，然後降溫降溫，中和成一個剛剛好的溫度。她覺得很滿意。

然而有一件事讓她困惑著。

是工作的事。

婚後她就沒有工作了，也不是誰反對，就自然的發生了。她在學生時期沒有打過工，沒有想過要去，她一心在交男朋友上，之後的工作都做不久，短的十天，最長的二個月，就不了了之了，家人都沒有說什麼，零用錢也很優渥，比起其他的人生大事，工作似乎是隨時可替換的，之後有時間再說吧，她覺得。於是遇到結婚對象時，忙碌著舉辦婚禮，適應婚後的生活，配合著丈夫的假期，安排兩人的旅行，等到一回過神來她已經將近四年沒有工作，而上一份工作只持續了四十天，對一個三十三歲的人來說，這已經說明了一件事，她再也不會工作了。

她對此感到微微的恐慌，有幾次甚至脫口和丈夫說了這種心情，丈夫只是奇怪的說，但你對工作明明不感興趣不是嗎？

我還不知道，她說。還沒有投注足夠的時間去發現自己喜不喜歡，而門已經被關上了，她不喜歡的是這件事。

你為什麼那麼喜歡工作呢？她問丈夫。

只是不得不做而已，他說，因為必須支持我們的生活，不然我還寧願像你不用工作呢。

她確定這只有一部分是真的。丈夫熱愛工作，他總是做到超過時間，假日也自發的進公司工作，進去會用公司的打電話來說到了，中間會打來說做到哪個程度了，幾點可以到家，走之前會打電話說要走了。因此她確定丈夫是全程都待在公司的。

到丈夫回家時，往往是蒼白而半透明的，是在工作裡消耗怠盡的狀態，她知道那種感覺，那種燃燒和炙熱。他人在而心還在工作上，他的頭腦碌碌的轉著，她幾乎要嫉妒起來。

她目前的生活裡沒有這樣消耗的機會，像一堆綑不緊的乾草一樣。她上許多的課，畫畫瑜珈做熱紅酒，但沒有一樣需要她累到流汗。每件事都圍繞著她，在觸手可及又不讓她不舒服的位置，手一揮就全部退下了。

平日在和丈夫用過早餐後，他去上班，她在家準備出門。從室內走到室外，在日光裡走在都是人的街上，在別人都在往上班的去處移動或在辦公室了，她自由而勤勞的走著，看著他們。

她感覺到和他們中間那種塑膠膜一樣的感覺。

她感覺到不自由。

像在幕前走著，做著各式各樣的事情，唱歌，把剪下來的花放在提著的籃子裡，微笑著看一隻狗走過，坐在路邊的咖啡店喝一杯茶，吃熱壓過的三明治，在早上十點鐘。但她怎麼樣都走不到幕後。

她在鐵椅子上感覺到腿下的那種冰涼。四周是聳立的辦公大樓，裡面的人移動著，或站或坐，忙著一些想必是相當重要的事，是什麼她不得而知（很可能一生都沒有機會知道），但他們為此蓋了大樓，花錢租下來，花了從早到晚的時間去做，離開後想著，一群人在一起時候就談論，直到年紀太大，然後他們待在家裡，或做她現在在做的事情。在早上十點鐘坐在咖啡店裡吃三明治。

她沒辦法加入。門已經被關上了。在她疏忽的時候，她甚至不知道自己錯過了什麼。

她環顧四周，店裡皆是一些和她一樣的人，手頭沒有事情，或是說沒有別人託付的事的人。大多數是女人，或上了年紀的人，或兩者皆是。

被留在岸上的人，她想。

在電影裡不是都有的，像鐵達尼號那樣的大船在港口等待著出航，主角在船上，新的事物將湧向他，而鏡頭帶向那些站在岸上送行的那些仰望的臉，望著那些人和將他們帶走的船，心裡明白自己走不了了。

缺乏的是像軌道或鏈條那樣的東西，她終於決定，某種硬性的規定，把人按在地上，像地心引力一樣的東西，世界靠那個運轉，除了她以外。

她走出店前在櫃台買單。收銀機後的女孩子穿戴著店裡給的黑色襯衫和裙子，頭上的貝殼小花帽子隨著動作而震動，她動作流利而順暢，好像是收銀台的延伸，那女孩伸長手臂，手指握著長長的放著發票的銀盤子，露出白色的牙齒說，找給您的零錢，謝謝光臨。

她立刻決定了，就是這個。控制女孩的這個東西，決定女孩微笑和語言的東西，她要在她身上發生。

她在丈夫上班後看那些尋找職業的網站，業務助理，無經驗可，需配合加班，她皺起眉頭，專案經理，五到十年的工作經歷，她考慮著，想像在辦公室裡，慘白的燈光下伏首工作，在某一個專案上花了八年的樣子。不，她沒有辦法想像。

電話震動了一下，她警覺的看著它，是丈夫傳來的簡訊。

下午和老闆開會，很可能有promotion。

丈夫會這樣在一天中傳簡訊過來，倒是很稀奇的事。她讀著那字句，丈夫的字句平板，但他無法自持的打了這些文字，在上班的中途，顯然這是一個好事，至少在他的職業生涯中。她了解不多，但可以想像代表著更多的責任和薪水隨之而來。從某人的決策中，很可能是經理。或是之上的某人，在虛空中腦海浮現出丈夫的名字，在腦裡斟酌著，然後那決定像浪一樣，衝向了丈夫，現在則到了她腳邊。

她思考著將那生命的權力，她不知道怎麼稱呼那東西，交給不認識的人的感覺，那隻手進入自己的命運中攪弄著，然後發現自己早已經在這樣做了。

幾天以後她得到一個面試機會。本來是想搭地鐵的。她出門的時候是最燠熱的正中午，路面上發散著蒸騰的熱氣，她最後還是在白熱的烈日下攔下一輛計程車。

面試方是兩位男性。他們在她對面坐下時一邊讀著她的履歷，然後露出不解的表情。他們靜靜的低頭看著，彷彿和手中的紙張發展出一種難以言喻的關係。過了半天，其中較年長的男性開口了。

你為什麼要來工作呢？

她瞬間讀出了那言外之意。她以一種在家裡練習出來的簡潔活潑的語氣，向他們（她很注意地同時和他們說話）說明了自己的來意。

因為離婚而必須出來工作，以負擔她和兩歲兒子的生活。

他們聽了皆露出輕微滿意的笑意，而那笑意被一種更深層的東西所包覆住。

我們能理解你要照顧孩子不能時常加班，但除此之外不能對你有所例外。比較年輕的男性說。

我完全理解，她回答，用那種久在人下的溫馴口吻，然後他們三個都覺得滿意，陷入沉默裡。

她的工作內容是好幾個部分加總在一起，接電話，內線和外線的電話，把他們引導到正確的人手上；到郵局去寄信或包裹；打字，文件大多是給外部的廠商用的。還好她在進公司前花了幾天請了家教學會了打字和製作文件。她記得那個大學生多努力地隱藏著對她的好奇心，儘量專心教學的樣子。

這種表情也出現在同事的臉上，他們大多是一些男孩子，在她看起來，但工作起來卻很認真，這點她很驚訝。畢竟她一直聽說的是，外面的人做事都很隨便。這是她聽丈夫說的。那些外面的人，他回到家會忿忿的說，然後形容他們做事的態度，都是一些便宜行事，絕不多動一根手指頭的類型。她往往一面吃飯一面聽著，這在她心裡留下了印象。有時候為了讓丈夫知道她並沒有被他們唬弄過去，她會對這些人顯現出一副精明幹練的態度。而那些人常常只是市場裡的菜販，百貨公司的店員小姐或公家機關的辦事人員。這多少錢，她會邊翻弄著邊說，我問了隔壁的比你便宜，或是硬要專櫃小姐算給她週年慶的價格，我知道你的權限，她會固執的說，我知道你們這些外面的人的方式，她實際上在說。

但辦公室的同事們都很認真。九點半還沒有到，他們已經先後到了，邊開著電腦邊看著手機裡經理傳來的待辦事項，自己在頭腦裡分配著時間，主動打電話給廠商聯絡，用一種不同於在辦公室裡講話的聲音，把要說的事情放在一個盤子上端給別人。電話結束後再恢復原本的聲音，和同事邊抱怨邊做剛才被交待的事。上班後走到旁邊去吃個麵之類的東西，之後回來繼續工作。週末也會被叫進來工作。

她自己是九點半到。丈夫八點出門後，她簡略的把家裡整理一下，在鏡子前仔細的化妝，出門。她走路到地鐵站，在車上調整好表情，到公司也差不多九點半的時間。

同事們都對她很好奇。那像輻射一樣從他們身上散發出來，她抬頭而迎上他們迅速移開的目光。她因此而加入同事們的午餐。那和他們的晚餐差不多，在旁邊排隊，進去迅速吃個麵，在吃飯時簡單的聊兩句，他們彷彿從經理那裡對她已經有些簡單的認識，一開口便問孩子的事。孩子誰照顧呢？你這樣出來上班？他們問。好像她從一個洞穴出來。我媽媽，她簡單的說，過了不久他們也習慣了她。

她回到家，稍微休息半個小時，還來不及把路上買的晚餐在桌上放好，丈夫便回來了。

她坐在桌前看著丈夫進去換了衣服，他去廚房倒了一杯水，說今天很忙，然後坐下來開始吃飯。

她靜靜的吃著，覺得自己像是個冒著蒸氣的鹽田，水已經快蒸發殆盡，她驚慌的發現那些雪白的顆粒已經顯而易見，而抬頭看著丈夫，卻發現他彷彿籠罩在煙中。她辨識出那些是高速運轉後慢下來的煙霧，而感到安全。我知道那裡面是怎麼運作的，她感到安心。

吃完飯後她癱坐在沙發上，和丈夫一樣，他已經進去半睡眠的狀態，她過去總是忙著收拾餐桌而無法了解。但她突然發現了這個新的處境。像原地轉了太久而突然停下來，不知道自己在哪裡，耳朵發出嗡嗡聲。她喘著氣坐在沙發上。

她之前有睡眠的問題。現在消失了，早上起來，一個龐然大物已然在眼前。她匆匆趕到公司，在電腦前面做各種事情，她沒有時間。

在過去，她也有過很忙碌的一天，那指的是一天預約了四件以上不得不做的事情，像去剪頭髮。但那和現在不同。她覺得現在一整天彷彿被重物壓在水底，早上她常常掙扎著起床，前幾個小時都在僵硬的睡眠不足中工作，午休後在下午的睏倦中繼續做事。然而她逐漸對自己在兩種生活中轉換的熟極而流感到滿意。自己彷彿變成一種自己也不認識的流動的物質。

然而丈夫說她看起來很累，也許你出門的太少，他說。他提議一起去運動，去加入家旁邊的游泳池吧。他們在幾天後吃完晚餐到了游泳池，裡面都是些和他們一樣剛從室內被放出來的人們，都提高著音量在說話，伸展他們不見日光的手和腳，她對那裡面僵硬的生猛氣息不習慣，所以不等丈夫出來就逕自下了水。

她先是被那水的低溫僵住，在水裡划動幾下手腳後，便毅然把全身連同頭埋入水裡，她潛在水裡往前游了一會，隔著襯著藍色鏡片的蛙鏡看著自己游動的手，因為折射顯得奇怪。

她想著自己創造出來的這個生活，覺得很神奇。那也許因為她不願意被束縛住，不管是婚姻或是工作，或是一種生活，她邊游邊自己想著，或是這個形體。她突然想到。要是能變成水就好了。

她感到輕鬆，光是想到能夠變成水。與其隱藏在家裡或辦公室裡她寧願化成水，她想到這裡，繼續游著，感覺到自己划動的手腳已經不見，毋寧說它們已經消失在水中，她繼續游著感覺到水的阻力和自己拍打的腳給予的推力，卻發現自己輕易的穿過了前面游泳的男人，她僅花了幾秒就接受了眼前的事實：她成為水的一部分，或是說水成為了她。

她終於放棄了划動，就這樣任由自己，任由自己漂著。

長久以來她第一次感覺到自由。

蕭培絜

中山女高，芝加哥藝術學院，紐約普瑞特藝術學院建築所畢。普通讀者，飲食愛好者。現居台北。

得獎感言

我覺得寫小說是一種揭露，就像在堅硬的地上有耐心的往下鑽一個又深又細小的洞，很多時候，那通道會被埋住；而運氣好的時候，可以看到一些什麼從洞裡透出來。生活是我活到至今，遇過最奇怪的事，我很想挖無數的小洞去揭露那奇特。感謝評審有耐心的隨著我進去那洞裡。

機艙

小說類
佳作

張毓中

我睜開眼睛，機艙裡空氣冰冷，妻子的座位空無一人，我知道躲貓貓開始了。

機艙裡暗幽幽的藍光照映在走道上，乘客們睡得七歪八斜，有些孩子甚至滑到地板上去了，紅色的地毯上留有剛剛飛機餐的殘渣和塑膠杯，我張手放在身旁妻子的座位上，沒有半點餘溫，表示她已經離開一陣子，我仍在沉睡中，而遊戲早就開始。

這班往伊斯坦堡的長途客機，晚上九點從台北出發直航，要飛十一個小時才抵達目的地，這是趟旅行是妻子提議的，我們每年都會選一個地點旅行，在家裡客廳的牆上貼著一張訂製的呢絨地圖，上頭以圖釘釘滿了我們去過的許多國家：冰島、英格蘭、泰國、日本、加拿大等，一年之中也僅有這樣的機會，能好好將工作與生活的瑣事好好放一邊，純粹地享受與愛人的相處。

「但你知道我什麼呢？」妻子甜甜地問。

「我知道妳許多事，包含妳可能自己都不知道的事。」我笑。

作為醫師，我們平日的工作都非常忙碌，但我們珍惜彼此給予的家庭溫暖，我們沒有孩子，是因為覺得沒必要，生活已經足夠繁忙，我們可不想再分出時間與精神給其他人，妻子在麻醉科，她懂得麻醉在手術中的必要性，就如生活中有需要暫停的時刻，不然崩壞是近在眼前的事情，正如旅行之必要。

長途客機是個神祕的場所，鐵製的飛行棺木將四百人封裝，運載到陌生的地點，在之中的並不是人而是貨物，有狹隘的貨架（座椅）安置我們，有衣領整潔、面帶微笑的空服員餵食我們，小小方形的螢幕上有最新的好萊塢大片娛樂我們，這是旅行中另一種面貌，從未被注意，也從未有人真正在乎的附加過程。

但妻子說，再也沒有比一萬公尺高空中的鐵鳥腹中更令她興奮的地方了。

「一個暫時的半開放式的空中旅館，匯集了印度人、華人、澳洲人、阿拉伯人的面孔，你能想像這裡面有多少卑劣而且苟且的事發生？」妻子意有所指「還記得那知名的謀殺場景，一列東方快車上出現了死者，大雪紛飛，可是所有的證據指向所有人，死者被下了麻藥，身上大小不一的利器傷痕，血肉模糊，他是在清醒的情況下痛死的吧。」

高空一萬呎，多麼適合密室謀殺，多麼適合劫機、變種怪物四處亂竄、被槍指著腰眼威脅。在用完那些簡便難吃的飛機餐後，機艙熄燈，剩下幾盞閱讀燈與拿著精裝本書籍的人們追逐書頁上的故事，其餘都黯淡無光，高壓窗外轟隆隆的引擎聲捲進一隻鷹。

「嘿，你知道嗎，」妻子低聲，側坐過來貼在我的耳邊：「據說呀，機組員們跟機師，都會在無人的頭等艙開性愛趴唷，開沒有人喝得起的紅酒，座艙長指揮年輕的空姐一件件脫下衣服，她們調笑著像動物一樣趴在座位旁，任男機師從走道邊安撫她們在高空中的冰冷，以舌頭交纏、指甲滑過私處的方式取暖。」

「好餓噢，真的好餓噢。」妻子輕輕用舌尖觸碰一下我的脖子，然後縮身坐了回去。

在這個不屬於任何國家的空間裡，我們突然沒有任何對國的責任與義務了。嚴格說起來，除非在特定領空上，否則只有該機所登記的屬國有資格處理在這飛機上發生的任何事故，我們這時該要效忠誰呢？在A前往B的旅途間，在C的上空之間，這時的我們只代表我們自己，沒有任何限制，我們不做乖乖牌，我們該找點樂子。

我和妻子究竟是從第幾次旅行開始玩起躲貓貓，記憶至今已經難以回溯。

你知道的，那種旅行的悸動起源於飛機加速、終於離開地面的那一刻，在你還是個生手之時，你興奮地翻看飛機餐的菜單（今天有番茄義大利麵和歐姆蛋呢），打開螢幕上看那畫質低劣的好萊塢電影七、八個小時直到終於睡著；而進入熟手階段，你帶一本書，知道要為了下機後的時差休養生息，好預藏接下來旅途預備的精力，或許帶些旅行用的筆記，提醒自己進出海關要在哪兒換匯；但等到老手時，一切都索然無味。

我們需要找點樂子，我們需要找回旅途的新鮮感。你開始觀察機艙裡每個人的睡相，幻想他們每個人在上下機後的人生故事。那名自稱來自阿爾及利亞的電子商務代表，該不會其實是被通緝正要前往執行任務的恐怖分子？那個空服員笑容真甜美，她的興趣是在家被比自己年長二十歲的男友全裸壓在欄杆上學狗一般高聲嚎叫；那些單調的餐盒菜色會不會其實都添加了地勤廚師們的糞便，他們憎恨這些該死的乘客，為此他們得日復一日準備這些乏味的營養品，只是為了好讓我們在機上有事做。

然後，我和妻子開啟了躲貓貓的潘朵拉之盒。

捉迷藏，誰當鬼，捉到的人有獎賞。鬼總是我扮演，妻子擅長藏匿，她身材嬌小，個性機靈，機艙這個不過幾尺見方的密閉空間，其實比你想像中有著更多隱蔽的空間。

「第一次你睡著之後，」妻子笑說：「我就消失不見，被你發現，算我輸，輸了任你處置。」

長途客機十來個小時裡，我們躡手躡腳地在機艙裡進行一場漫長的賽事。妻子曾經躲在頭頂上的行李艙，後方準備艙裡的儲放備用品的小矮櫃，或者一排睡覺的女人的位子底下（用航空公司發的小毛毯不經意地遮掩），甚至有次她不知道用了什麼方法，說服頭等艙裡的一名有錢的阿拉伯男子讓他借出自己的位子，給她躲藏了三個小時。

遊戲開始了，這次妳會在哪裡呢？

我起身，先活動一下手腳，睡了四個多小時，骨骼在轉動時發出格格聲響，我跨過身旁男子流滿口水的睡姿，走到後方找一名空姐要了水跟鹽烤花生米，清醒一下腦子，我邊咀嚼花生，焦香與堅果的甜在口中擴散，我邊想著：她會在哪裡呢，每次總有些新花樣，她不會讓我失望的。

我承認我們就是造成空服員困擾的那類乘客，但並不是有意的，事實上我們已經盡可能避免任何的麻煩，像是小學生上課偷偷在桌子底下玩跳棋，小心繞開講台上的、外頭巡堂的教師的視線，我知道我們都已經是成人了，但是尋求新鮮感的飢渴依然征服我們的理性，我們在機艙裡躡手躡腳地追逐，在飛機起飛時彼此的手便已不安分地摩挲著對方的大腿，她說雙腳怕冷，用機上發放的小毯子蓋住雙腿，我用單手解開牛仔褲的扣子，探手進去，森林裡面已是濕淋淋一片，她若無其事地翻閱著只有兩頁的飛機餐菜單。

（好餓喔。）

我們趁所有乘客睡著之後，一個一個檢查他們的臉孔，他們的熟睡如此沉醉彷彿被下藥，妻子可以貼近到離他們的鼻頭只有一個小拇指節，我們為他們打分數，醜陋的土耳其中年人、削骨整容後的韓國女孩、俊俏的美國青年、眉頭深鎖發出陣陣鼾聲的台灣老婦，我們恥笑他們的醜態，將餅乾磨碎灑在他們頭上，打開他們的隨行包輕輕拿走皮夾，再漫不經心地偷塞進後艙的櫃子縫隙，或者將那些漂亮的信用卡折斷、現金撕碎再放回去，這是旅行的驚喜（但我們可從沒有動過護照，畢竟這是趟輕鬆的出遊）。

我們在幽暗的機艙裡替彼此手淫，愛撫對方的弱點，捉迷藏後我壓著她在廁所的牆壁上用力深入她的體腔，那裡的空間是那麼狹窄，我只能一腳踩在馬桶上，一手扯著她的頭髮逼她後仰，而她又是那麼敏感，以至於我每次進出都令她忍不住歡愉的呻吟，我只好再用另一隻手按緊她的嘴，呻吟與求饒就變成嗚嗚，幾次以後，我們學會要記得在登機包裡帶灰色的厚皮膠帶。

甚至我們在機艙裡抽菸，那過程可真是麻煩。妻子得將菸葉切碎，捲起成為一根筷子粗細的大小，然後我們躲進廁所，將菸點火後趁還沒燒起來，用一塊大塑膠袋罩在菸的外頭抽，而抽完的呼出的氣則將頭埋進事先準備好的記憶海綿枕頭裡吐出，直到塑膠袋裡的空氣吸乾、枕頭臭不可聞，再用塑膠袋包起枕頭嚴嚴實實地紮起，離開以前我們會噴光洗手台旁準備的香水，假裝什麼事也沒發生地離開。

有幾次我們確實獲得了空服員怪異眼神的打量，但我們一次也沒被抓到過。所有的乘客都在沉睡，艙機是寬容的神，神會容許這點小惡作劇的。

惡作劇與禁忌之間的差別在於，惡作劇有著某種戲謔的成分，禁忌卻是真正的紅線，什麼該做與什麼不該做，每個文化環境裡都有不同的隱約的默契，潛規則，看不見的律定，可是逐漸地隨著試探，這些界線會變得模糊，然後不知不覺就會消失不見，我和妻明白這兩者的本質其實是同一種東西，只是包裝的手法迥異，醜惡的、可愛的，卑劣的、光明正大的，我知道我們在進行一場心理學與場域的實驗，我們操作，我們身在其中，我們試探失控的距離與極限值。

我其實知道妻為什麼如此興奮。

我明白是因為恐懼。她懼怕一萬英尺的高空，只是她不願意承認，她強行將這種巨大的恐慌轉化為某種正面的情緒，或者有點尋求探險刺激的味道，覆蓋住那份深不見底的洞。

「唔，你看，愛爾蘭有家航空公司，起飛五十分鐘後機艙失壓緊急迫降，五分鐘內急降八千公尺，氧氣罩都掉下來了耶，」妻子拿著報紙，眼神閃爍著奇怪的光芒「機上兩百名乘客因為迫降導致耳膜內腔壓力驟變出血，機艙裡滿地都是血跡，孩子哭鬧，一名空服員還因為餐車滑墜壓斷手臂……」我沉默。

「但幸好不是我們對吧。」她放下報紙燦笑，我瞥見她的手在抖。

「只是上機就看到這個消息好不吉利喔。」

那像是某種治療的過程，捉迷藏與它的懲罰機制。

我壓著妻子進到狹窄的廁所，逼她脫下全身的衣物，封住嘴手，然後用羽毛搔癢她的身體每一處，她忍著眼淚不停扭動，像被獵捕的小動物般掙扎，一陣子後我確定膠帶封穩，便會再拿綠油精塗抹在她的私處（當然要先消毒），接著就坐在馬桶上不理會她的哀鳴，戴上隨身聽看雜誌，直到五個小時後飛機快要降落為止。

當然少不了那些玩具，矇上眼，將身體有洞的地方全部塞住，開啟遙控器成隨機運動模式，但一次以後我們就再也沒試過了，我也沒想過原來即使飛機引擎聲這麼響，玩具震動的聲音還是比預期中清晰。

偶爾如果弄得到管制品的話，我們也會在機艙裡用點藥，省點旅行前戲的力氣，這倒是不必要在廁所裡，有位子能躺還是舒服得多，我們的身分能輕易接觸到這類的資訊，非法的、合法的、自己調製的，可麻煩的是要如何不被海關查出來，妻在這方面很有才華，她的興趣是精工，將藥粉密封在委託製的厚膠囊裡，當成常備用藥攜帶，可這樣還不夠，我們多半還會再準備一些醫療用的偽文書或海外論壇的邀請函，以便真的被查到時有個好藉口，所以要是登機行程太趕是沒辦法帶的。

長達十多個小時的飛行途中，妻子無法入睡，遊戲是保持清醒的必需品。

「你知道嗎，據說大部分的空難死亡者都是在還沒墜毀到地面以前就死去，多半是過度驚嚇、心臟病或撞擊。」妻子面無表情地說「就算沒有嚇死，墜毀後六成的乘客會死於大火，而在燃燒的飛機中，大部分倖存者是坐在機艙出口的位置，或離出口不超過五排座位，過道的座位則比靠近窗口的及中間的座位更安全。」

「我知道，我知道空難必須要連續發生七個致命錯誤才有可能造成飛機失事，我也知道統計顯示空難的機率比被鄰居謀殺的機率還低。」

安眠藥呢？妻子搖搖頭，看著窗外。她不想連自己怎麼死的都不知道。

起飛時一陣亂流來襲，機艙內劇烈搖晃，上頭的繫緊安全帶的橘燈亮起，妻子握著我的手，像要捏碎自己心臟似的用力，她臉色蒼白，突然興致高昂地說起之前同事告訴她的街頭鬼故事，她越講越快，甚至沒注意空服員替她倒了杯水。

而現在已經起飛後六個小時了，我竟然睡了這麼久。現在我得專注在遊戲上。

按照慣例，我先搜索了經濟艙裡所有的大小空間：前後廁所、上層行李櫃、餐車收納處（你完全無法預想她究竟會躲藏在哪）、育嬰室，再來是逐排檢查每個乘客的腳下，這個部分比較麻煩，有時候得要繞開乘客們各種奇異的睡姿，掀開蓋在他們腳下的毛毯，而後是假裝起身走走，「誤闖」商務艙逐次檢查，有個空姐經過，她笑笑跟我點頭，我微笑以對，順便跟她要了包花生。

不經意是重點，好像沒有目的性地在遊蕩，偶爾舒展筋骨，或找空服員聊聊天，抱怨機艙空調太冷，所有優秀的惡作劇與犯罪都建築在若無其事的表面下，我會和空服員聊起目的地，她們飛過幾趟航班和現在的工作權益，出於無聊，她們通常會願意分享些私事，比較年輕的女孩喜歡我的笑話，我假裝發現她制服上有髒汙，輕輕拍拂她的肩膀再若無其事地退開，女孩便容易臉紅，她跟我道了謝，我腦中浮現我拉著她在狹窄廁所狠狠剝開她的下襬的畫面，但我沒有進一步，我往後退，我還有必須去做的事。

我並不急，我知道妻子對於遊戲的飢餓，在機艙裡玩捉迷藏的好處之一在於你知道她總不可能跑遠，而且她渴望被找到，只是為了輸得漂亮她得多用心，而要是有必要，我也得冒險去機長室打聲招呼。

一個半小時過去，我已經找過所有可以找的地方，這有點奇怪，通常捉迷藏會在一小時內結束，不論是她主動露出線索或等我發現，焦躁漸漸爬上我的胸口，我盤算著等會兒要做點什麼娛樂已經很久了，可是主菜還沒上桌，這讓我有點不耐煩，以前也有過真找不到人的時候（阿拉伯男人那次），但妻子應該會透露點線索才對。

我又在機艙裡巡視過一遍，沒有妻子的半點蹤影。

機艙內部很昏暗，只有少數閱讀燈和地毯上的地燈亮著，空氣越來越冰涼，乘客繼續像死者般沉眠不醒，有種模糊的詭譎的氣味躲藏在陰影處。她應該在這裡的，我想，人不可能從一萬英尺的公空中憑空消失。我走到後方，跟剛才的空姐要了杯咖啡，她笑說沒問題轉身倒給我。突然之間，我知道哪裡還沒有找過了。

我接過咖啡，喝了一口擺在桌旁，趁著空服員轉身的空檔拉開後艙的旁邊用簾子掩住門，裡面有一座蜿蜒向上的樓梯，裡邊深邃漆黑，通往空服員休息室，這是另一個被隱蔽的祕密場所，幽靈中的幽靈。

我快速而安靜地走了上去，我從來沒有進來過這裡，幾乎忘記機上有這樣的設計存在，懷著一點興奮與忐忑，我扶著牆、墊起腳尖小心不出聲上樓，直到我的頭終於露出地面，昏暗的休息室只有能放十五個客艙位置的大小，裡面以上下鋪的方式擺著八張床位，兩張床上躺著人形，空間裡瀰漫著一種鐵腥的氣味，由於光線不足，我只能看見些許陰影晃動，而走道上另有一個女人蹲在下鋪其中一人的床位旁，那是我的妻子，她背對著我似乎正對著床鋪上的人低語，沒有發現我已經進來。

我走到她的身後，她專注地完全沒發現其他人的存在。

床上的那名空服員早就死了。那名女孩，或說曾經是女孩的屍體，雙手雙腳被灰色的厚膠布嚴實地綑綁，秀麗的臉龐扭曲變形，上頭布滿掙扎時的血痕，她的嘴被膠布封住，眼白上浮，已經沒有了生氣，而她的制服被溫柔地剝開露出粉色的乳房，只是乳頭已經被切去，雪白的腹部則被粗糙地切開，女孩的喉嚨緊繃，像是被塞滿了什麼東西無法出聲，血、臟器漫出來浸濕了床，新鮮的小腸緩緩蠕動，而她上鋪的另一名空服員仍然陷入深不見底的夢境中。

妻子的手上拿著鐵製的安全餐刀與叉，正以非常緩慢的速度切著小腸，然後送入口中咀嚼，發出某種塑膠摩擦的聲音，她的衣服沾滿了乾涸的血，兩眼布滿血絲，專注地運作著手指動作。我想起她曾經在選科目時有考慮過外科，我不知道她怎麼做到的，我甚至不知道這已經發生多久，只是突然覺得空氣很冷。就在這時，她似乎終於注意到有人。

妻子停下手邊的動作慢慢轉頭，像是某種生鏽已久的機械般僵硬，我幾乎聽見骨骼的咯咯聲，她的呼吸急促，近似陣陣嬌喘，像是調教有素的巴夫洛夫的狗，知道再來會發生什麼事般地不禁興奮地淌下口水，止不住渾身發癢發熱。

被鬼找到了。她看著我，忍不住輕輕地笑了出來。

張毓中

一九九四年生，台中人，初日美學製造工作室負責人，專長不務正業，喜好天馬行空，寫字是自我詮釋之必要，期望能以自己的文字為這個時代留下一點痕跡。目前正努力書寫第一本長篇小說。

得獎感言

被通知獲獎的當下是非常驚訝的，一直以來對於書寫都只是抱持著分享故事的態度，直到今年才開始試著認真去對待，而我曾以為評論之於作品，是專屬於讀者私密的感想，但就像在文藝營裡童偉格老師所說，文學所以能夠持續不輟地前行，都起因於一切良善的批評上，對於〈機艙〉雖自認仍有不少可精進之處，但就當下而言，這確實是我對得起自己的作品了，能夠獲得各位老師的認可非常開心，小說之路是一趟沒有終點的旅行，期望以此作為起點，在文字與故事的技藝上繼續努力。謝謝願意讀我故事的人們，謝謝老師，謝謝世界，謝謝自己沒有偷懶，終於踏上旅程。

生而為人的日子

小說類

佳作

許明智

那是一個陽光傾斜的午後，流浪者到了一處杳無人煙的田莊。流浪者看見遠處有一個乾癟的身影，倒臥在晴朗無雲而略顯殘酷的藍空下。流浪者緩步靠近，他曾以為，這輩子不會再碰到「人類」這種奇特生物了。那個身影似有若無地移動著像是嘴唇的部位，流浪者給了他喝水，然後在烏雲密布之前——一個粗啞卻又有著活力的聲音，矛盾地開始說了以下的故事：

我認識自己之前，我曾經是個人。

小時候的我不曾懷疑過自己是否為「人」這個問題，因為我從小過著還算不錯的生活，家庭氣氛和諧，父母有著穩定的收入，也有著良好的教育背景，使我正常且安穩地步上身為一個人的生活。

長大後我才知道，有些人的童年是多麼悽慘，各種壓力與期望緩緩滲入生活中的細節，他們的父母總是給予固定的價值衡量，彷彿社會的價值觀只有一種形式；也有些人從小就要憂慮著食衣住行，更別提去補習班或是放學後跟朋友到處鬼混的可能性，因為他們總要趕回家幫忙顧店。

聽不同的人分享不同的，才知道自己有多麼幸運。

我從來不用特別擔心學習，因為遺傳使我即使跟別人花一樣時間，也有更傑出的表現。在同儕中，不用害怕被邊緣化，因為從國小到高中，老師們都特別關心我的成績。

我也不需要擔心錢，寒暑假常會和家人去各種地方旅遊。出門時媽媽總告訴我，錢再賺就有了。還記得，當時的我明白父母賺錢的辛苦後，告訴媽媽，我以後也一定會找一個好工作，努力賺錢來報答。媽媽聽到這些，就更開心的給我更多零用錢。

我曾經問過爸爸，世界上真的找不到沒有人的地方嗎？爸爸告訴我，很久很久以前，地球還有很多神祕的地方沒被開發。但自從科技發達以後，人類已經掌握了地球的樣貌，甚至包括地球內部跟外頭的廣大宇宙。

直到國中學了地科後，我才知道爸爸當年沒有騙我，人類確實透過科技了解了自己之外的好多事物。

流浪者發現那個身影正緩緩成形，是人的形狀嗎？不，在廣闊的天地之間，流浪者明白，什麼都有可能。於是那個「影子」又繼續訴說著它的過往。

求學時的我，每天的生活就是讀書，然後考好成績，最後進第一志願。每當我與親戚見面時，他們總是羨慕我父母能教出這麼優秀的小孩，而因為我的成績而感到最得意的人，是阿嬤與姑姑。

還記得過年時，阿嬤總是會問每個小孩的成績如何，堂妹考了第二名、堂弟進步了幾分、弟弟也很認真的考了前三名……然後再告訴我們，別人家的小孩都沒有我們這麼傑出。而那時的我，總會陪阿嬤去菜市場買菜，因為我知道阿嬤特別寵愛我，她帶錢包都是為了買我喜歡的東西。如果我停留在一個攤位前，擺出渴望的神情，她就會向老闆或老闆娘介紹我這個孫子，不管是考了第一名還是被同學選為模範生，都能讓我換來我想要吃的食物或玩具。而這時其他無論賣菜的還是買菜的，都會向阿嬤投射羨慕的神情，然後說著我聽不太懂的客語夾雜著些許台語，最後阿嬤再用國語告訴我說：「他們都說你很優秀。」然後下一次為了讓我能看看我有沒有想買的東西，再帶我前往不同的市場。

而姑姑是阿嬤最得意的小孩，不是因為她的工作，而是因為她很聰明地嫁給了一個醫生。每當聚會時，姑姑一家人總是開著高級轎車，她的兩個小孩成績只能到第二志願，所以小時候姑姑都會特別關心我的成績，期許我能夠考上第一志願。但我姑姑的女兒在高中時選擇念一個私校，據說是姑姑不滿第二志願的數理資優班不錄取我那數理成績頂尖，但文科不太好的表姊，所以一氣之下就用她們家多到用不完的錢把表姊送到私立學校了。

但後來表姊成績一直退步，於是我跟阿嬤提了一個好建議，說表姊就跟姑姑一樣嫁給醫生，就不用擔心工作了啊。阿嬤告訴我，現在有出息的年輕人越來越少，表姊也不太主動，連對象都不知道在哪裡。說完便深深嘆了一口氣，但又突然笑著對我說，你以後一定會很有出息的。

流浪者只是聆聽，他知道他也「只能」聆聽。那個影子開始有輪廓了，也始終沒停止說話。

還記得剛上國中後，據說我跟一個女生在一起了。她總是在我們班外面閒晃，我們班導還曾經請她來班上聊聊。

她每次都解釋說她要找我，然後就直接跑開，但我並不認識她。即便如此，我們班依然傳開謠言，說我跟她在偷偷交往。老師問我有沒有喜歡她，我說我不是很清楚我有沒有喜歡她。老師又說，我不能玩弄別人的感情，至少也要給她一個回應，於是我就鼓起勇氣去跟她講話了。

她告訴我，她喜歡隔壁班的男生，成績很好，知識淵博，雖然長得不怎麼樣。我告訴她，只要是喜歡，不用管那麼多，我支持她去追。但她列舉了一堆交往的準則，像是家庭背景、成績好壞、甚至還說優生學也很重要，因為她爸爸是醫生。我反問她，那他這個人如何？她說，個性很怪，沒有朋友，只要遇到喜歡的事情就會忘我地投入。我不知道這是優點還是缺點，但我就同意扮演她三年的煙霧彈，讓她跟他慢慢培養感情。

不過，我認為我這個煙霧彈還挺稱職的，甚至連他父母都很喜歡我。她總是跟我抱怨，叫我不要考那麼好，不然她回家就會被她媽媽打。我其實不太懂這中間合理的因果邏輯，但我後來就是寫錯個幾題，連續拿了幾次校排第二後，她似乎就沒那麼常被她媽媽打了。

後來，我還曾經跟她們家一起出去玩。有一次出去時，她媽媽一直問我是怎麼讀書的，我看到她不停的翻白眼。當問到我以後想做什麼時，我回答說當老師，她媽媽就沉默了一下。我趕緊解釋，因為我以後想讀文組的科系。她媽媽只是不斷地說，好可惜啊好可惜。

上了高中以後，她跟他還是沒有在一起，我也不太與她們家來往了。原因是因為她交了一個數理資優班的男友，還曾經拿過什麼國際比賽的金牌，非常優秀。但如今想起這段往事，我還是在想自己到底有沒有喜歡過她，因為我懷疑自己有沒有喜歡人的能力——身為人應該具備的能力。

高中時，我曾看到不同類組的同學在網路上筆戰。有人說，讀一類的以後沒工作，於是法律與商就成為最有效的武器。有人緊抓弱點攻擊文學院與社科院的科系，於是論述與思考能力就被我們所強調。好像只要貼上某科系的標籤，就能簡單地成為那種類型的人。那我呢？是否也能經歷這個過程，來成為一個人？

當然，在班上不能太認真的念書，老師問到有沒有人預習的時候，絕對要裝作沒預習。考前幾天還要努力地玩手機，向大家顯示上線並同時放鬆心情。然後不斷地打球、跑社團、談感情，在社群軟體上不斷新增限時動態，用最詳細的自我生活揭露來偽裝自己內心的恐懼。

這是日常，為了成為一個人，我必須這麼做。從小享有優渥的資源、良好的家庭環境、親戚們的支持與鼓勵，以及旁人的羨慕與寄望，我總是好好地生活著，相信爸爸稱讚我的思考能力，也相信我是一個「人」。

但如今我知道，這些都只是表象。

流浪者開始嘔吐，有些滲入乾涸的大地上，有些濺到了正在講話的「那個」身上。流浪者已經分不清楚上次吃的東西是什麼了，在這些不會停止的時刻裡，流浪者發現他也快無法辨別自己的輪廓了。

不知從何時起，我開始叩問自己，我喜歡什麼？我想要做什麼？不過我一直遺忘了一個前提——我得知道「我」到底什麼樣的存在。

直到一個好朋友死後，才又一次激發我的思考。

我不知道他是不是我的同類，但我知道我們都是偽裝成人的存在，從小開始在社會給予的框架下思考，然後又在一時之間醒悟。

他比我還要有著更淒慘的身世，醫生世家，學測滿級分，註定走上的醫生生涯，卻隨著他在地上綻放為一朵暗紅色的花兒落幕了。

他說他喜歡我。我告訴他，我父母贊成同性戀，但自己小孩不能是同性戀。他告訴我，他不喜歡男生，他喜歡我，我似乎理解了他眼神背後的涵義，卻有有些遲疑。於是我最後依然拒絕了他，因為我覺得，我沒辦法給他正常人的愛。

想到這裡時，我發現我第一次觸碰到內心深處的懷疑。

這個懷疑，是源於我常感覺到自己不屬於這個世界，我只是特別聰明，懂得如何去順應這個世界希望我產生的反應。在一次又一次培養世故與圓滑的過程中，我逐漸感受到自己越來越像是一個人了。但同時，也開始露出破綻。

一切都在升大學那個暑假爆發。

那是個不炎熱的夏日，路面因為陽光照射而有點刺眼，走起路來不是很有安全感。在車站的手扶梯上，大家不約而同地站在右側，把左邊讓給需要快速通行的人使用。但在前後都被陌生人包夾，身旁又不斷有陌生面孔走過的場域中，我感受到莫名的疏離感。那時，我感受到心中某個開關突然被打開了，在人類最稠密之處，我突然很清楚地發覺，自己似乎不屬於這個世界。

走進擁擠的捷運車廂，我拿出手機打算查看動態消息，卻發現右邊的高中女生正在對著手機螢幕露出不自然的笑容。可能是因為冷氣太強，我突然背脊發涼，我從手中的螢幕看見一樣的面容，不停切換著。

標準、單一化的流行與個體。

我又看見左邊穿著正常人類衣服的中年男子，面無表情地對聊天室裡看起來像是高中生的女孩傳出一個又一個的愛心貼圖。不，整個車廂都麻木地接受與發送著訊息，或是用木然的面容讀著腥羶色的新聞。

發生什麼事了？整節車廂用一致的行為揭示我的怪異。

後來，我如往常般走進書店，看到排行榜上寫著經典閱讀的書單，便隨手拿起了一本家喻戶曉的奇幻小說。看到裡面描寫許多類型的怪物，心中便油然生起了憐憫之感。我討厭經典，但我喜歡這些書裡非人類的存在，因為那是人類理性之外的事物。

抑或，我只是在追求一種自我認同？

我是怪物嗎？我上網搜尋怪物兩字，出現的都是線上遊戲的討論版面。原來，我也可能是從虛擬世界脫逃出來的。

但不是人，並不等於怪物吧。我的思考脈絡開始將自己的思緒纏繞成更難解的線圈，試圖推論出如果不是人，我還能以什麼方式獲得自己的身分。

外星人嗎？那似乎也是被人類創造出來的名詞。如果我是外星人，我一定不會滿意外星「人」這個稱呼。但人類這個族群真的非常善於命名跟定義，連我都一度相信自己在這些身分中就能成為一分子了。

那個我父母教育成的人，我阿嬤和姑姑覺得引以為傲的人，我同學與他們父母感到稱羨的人，到底是誰？

後來，我慣例地回阿嬤家拜訪親戚。看見姑姑與阿嬤正坐在客廳的沙發上，談著萬年不變的、關於小孩成績或家族中的職業種種問題。我本能性地試圖迴避掉她們的目光投射，卻仍是抵不過那一聲聲女性高頻呼喚，急切詢問我讀文組科系有沒有後悔？有沒有發展其他的興趣？又舉例說有一個親戚的小孩是念了文學院後，四年以後發現沒有一技之長，便又回去考醫學系。

我知道，阿嬤和姑姑永遠有說不完的故事，認識不完的親戚。這些言語在日常中恍若不會彈性疲乏，兀自發展出自己的價值觀體系。但或許，人總是要學習這項技能，才能在強調多元的社會中存活。

外頭的陽光使阿嬤家的客廳空氣膨脹的幅度超出我可以控制的範圍，於是我被冠上不孝的名稱，在來回的爭辯與嘶吼中，我發現，我又多認識了幾個很有自我主見卻遭遇失敗人生的親戚小孩了。

我失落地走在炎熱的大街上，高溫把我周圍的空氣層層密封，我聽見依稀殘存的微風以快速的呼吸警告著我的不合時宜。我只能感覺當下的情緒，而無法思考。

有一次，我察覺到自己成為世界的邊緣了，於是就站在屋頂的邊緣，想伸手觸摸這個世界。最後，警察和我父母不斷提醒我作為一個「人」的事實，像是「別人會很傷心啊」、「這樣很不負責任」等言詞，即便這些話跟這個事實沒有什麼有效的因果連結。

流浪者突然想起來了，他之所以來到這片土地的原因。他也曾有家，也曾被視為人，卻在某一個晚上突然發現自己再也找不到自己的影子了。

在最後一個冬季結束之前，我獨自一人離開了家鄉。在搖晃的長途公車上，我突然又想起很久以前，爸爸告訴我人類這個族群以當代發達的科技為豪的事情。當時我心裡想的是，人類透過科技探索外在世界的現象，但是否遺忘了探索最貼近自己的事物？

交通工具與科技看似無所不達，卻連最基本的內心都無法抵達。

我在一處無人的鄉下走了很遠很遠的路，寒冷使得雙腳凍瘡折磨自己的意志。我寫下一封很長很長的信，裡頭是對所有認識我的人，所致上的深深愧疚。我腦中又閃過一些人的面容：父母、阿嬤與姑姑、國中與高中的同學、以及路上曾經相遇的人們。但在北風開始吹拂的剎那，我把這些文字連同過往撕碎，或許，有一天這陣風會把碎片，從這一荒涼的地域，捎給慣於群居的人們。

不過，如果他們知道我不屬於正常的人類族群，仍然會願意接納我嗎？

我發現身體的某部分開始停止運作了，我已逐漸失去言語的能力。於是，我在一片乾涸的天空下坐了下來，打算用最後一點力氣，感受這一個成為自己的過程。

此時的我好奇的是，屬於我的第一個春天，會是什麼顏色的呢？

雨靜靜落在兩人身上。不，已經逐漸化作一體的……影子身上。土地中沉睡的蟲卵正在震動，如果春天是可以預測的，或許會是白色的吧。

流浪者在失去意識前是這麼想著的。

許明智

現就讀於台大中文系二年級。天秤座，總是在選擇之間游移，嘗試從多愁善感中走出，每天以文字為生活的糧食，以寫作為精神的寄託。喜歡嘗試用不同方式隱喻人生，並以旅行體驗之。

得獎感言

在小說的殿堂前，我著實愧於得獎。這篇作品經歷的多次轉折：一開始，其實是想以散文的篇幅與筆法織就，但後來不太敢直接描寫全然的現實，便嘗試以現實為經，虛構為緯，重新鋪排成一則第一人稱的故事。然而，這樣的故事過於單薄，且欲傳達的心緒隱晦不明。同時內容顯得過於直白批判，在寫完之後，其實一些身邊的朋友是不太喜歡的。

因此，在偶然的念頭下，我邀請了「流浪者」進入，與故事中的「我」對話。期許在這樣互文的場域建構之下，我們都可以投射自己在兩者的其中一個，或是投射在故事裡許許多多的角色中。

或許，那將會是自己的影子。只是自己尚未察覺而已。

逸軌

小說類 **佳作**

林鏡宇

一

「嗨，同學這兒有人坐嗎？」

那是沫潔和我在大學選修課上碰見的第一句話，也是我們重逢的第一句話，其實也算不上重逢，我們始終擁有對方的手機號碼，只是在上次分別後就沒再通過音訊。

在我應聲後，她就這麼往我側邊的位置坐下。上課間歇，我偷眼看她，一身簡單的T恤短褲，總覺得好像有些什麼變了，又好像什麼也沒變，輪廓似乎脫去了幾分稚氣，精神卻又比過去年輕幾分。沒想過會在這裡遇見她，至少印象中她的志願校該是以文科為主的學校，而不是這間幾乎可說是以理工起家的大學。午間，沫潔邀我一起吃飯，以理智面來說我應該拒絕，卻還是忍不住答應。

她熟絡地穿梭於學餐裡洶湧的人潮中，走動間有不少熱情的同學主動向她招呼，還是一如既往的作風，到哪都能和人說上幾句，熟悉的媚笑浮上臉，男生們稍稍愣了神，視線硬是傻傻地跟著她回到我面前，端回的餐盤裡慣例般少了許多青綠，過多的視線讓我忍不住低頭專心應付飯菜。

「還是那麼拘謹，胃還是老樣子嗎？」沫潔調笑似的睨著眼望向我。

「多少還是節制一下比較好。」對著面前滿是清淡菜色的餐盤，聳了聳肩。

兩人客套地交換彼此近況，生疏得像是初相識的同課學伴，差點都要忘了我們也曾十分「親近」過，若不是那年意外與跑來旁聽的沫潔同住，我想我一輩子也不會和這樣的女人如此親近。

二

意外說來其實不太意外，那天我不知為何在半夜醒來，像是睡飽了一樣，可按理應該再睡三、四個鐘頭才是，但我卻在瞪著鬧鐘發呆時感到一陣茫然，日復一日的作息讓人有種再不做點什麼也許自己就要這麼莫名其妙地變成大人了，一時慌亂地想抓住什麼。待我回神時，我已在打理自己準備出門，人生的第一次夜遊，為赴一個陌生女人的約。

那晚我循著女人的指示上了山，山上夜景很美、天空很乾淨、女人身畔的氣味很舒服，只是被勾著的手稍稍僵硬，被靠著的肩有些不自然地聳著，女人發現時笑了起來，像是笑我的傻似的，但她什麼話也沒說，只是把身子軟軟地倚在我身上，像是等著什麼一般，我們貼著身子感受著彼此的氣息。

女人那晚跟著我回到宿舍，共寢的結果是理智線斷了似的和女人做了。早晨醒來時，看著裸身倚在懷裡的女人還傻了好一陣子，像貓般慵懶醒來的女人笑著戳我鼻頭。

「你怎麼連做愛都那麼慢條斯理地啊！」女人醒來的第一句話比她的裸身更讓我滿臉通紅，被輕輕拉去的指尖頓時有種酥麻的顫慄感，下腹一陣熱趕緊往廁所跑去，背後女人惡作劇得逞般的笑聲響起。回房時遇見在門口探頭探腦的隔壁室友，開門時慶幸女人已套上昨晚隨意脫下的襯衫。張沫潔，女人對室友這麼介紹自己，室友對著我擠眉弄眼一陣便一副不打擾人好事的樣子迅速回了房，幸好這室友雖好八卦，卻也知道什麼該說、什麼不該說，該不至於又鬧出高中時候那類煩人事。

「聽你室友喊你子語？」

「陳子語，孩子的子，語言的語。」我拿起筆寫在床頭便條，女人跟著也寫，像是要並列一樣寫在我的名字旁邊，肩並肩、腳碰腳地列在一起，不知道為什麼感覺像是小時候喜歡的同學總是會在一個箭頭圖案下寫上兩人的名字，如同一起撐著小傘似的。我們笑鬧一陣，不知誰的肚子先喊了起來，咕嚕咕嚕地直響，沫潔拉過我的手直往街上麵店跑。到了店裡，我偷偷地抽了手，轉身自櫃台拿來筆和菜單，自然地和沫潔面對面坐著，她瞇眼瞧我一會，隨後不在意似的接過菜單。

吃過飯我們又回了房，沫潔像是要聯絡什麼人一樣對著手機滑了許久，我點開電腦載來許久的影集，戴上耳機專心看著。直到沫潔像個沒事人一樣晃到我身後，把我當靠墊似的趴在我背上，頭靠著我肩一齊看向螢幕，我拿下單邊耳機往她左耳掛去，我們左耳貼著右耳，彷彿連體嬰般靠著，她的鼻息熨熱了我的臉，被抱著的背暖洋洋，影集播到一個段落，我忍不住往她身上蹭去，指尖輕輕撫過女人的鎖骨、腰側、臀畔，像是複習昨晚的功課似的一路吻去，直至兩人像是做過般酣暢方休。

我們氣喘吁吁地相互抱著倒向床榻，喘過氣來又望著對方笑了起來，好像和對方做愛是非常自然的事，即使我們彼此還認識不深，身體的認識卻遠比前者更快更深。那段時間裡沫潔經常待在我宿舍裡，通常什麼也沒做一起胡混到夜裡，偶爾沫潔會拉著我和初認識那天一樣出門夜遊，有時上山看夜景，有時找找小酒吧，有時晃晃夜店。

三

有次沫潔拉著我騎車上山，為了找印象中一間夜間景觀非常好的餐廳，只是我們怎麼繞怎麼找，眼前都只有一片齊人高的雜草和雜沓其間的紅棕土小徑，既像有又像沒有的道路，直到後面大白燈閃了閃，沫潔像是看見救星一樣，讓我趕緊跟著它騎，當前頭車終於像是準備停靠下來，我望向前方燈光鬆了口氣，沫潔對著屋子開心喊著，像是找到了什麼樂園似的。

黑濛濛的店裡閃著黃光，燈泡像是刻意安置般，一律對著地板照去，一路延伸往各處座位而去，沫潔接過櫃台遞來點單便拉著我往室外座位走去，外頭桌椅像是一朵朵維持特定距離生長的蘑菇，我拿起手機照著點單，沫潔迅速點了巧克力鬆餅和拿鐵便讓我趕緊把手機燈關了，我忽然發現在維持特定距離與昏暗的狀況下，桌與桌間不太會相互干涉，只要不亮起燈，不特意走近，誰也聽不清看不清彼此，連同在一桌的我們也得靠近些才能看清、聽清對方。

當我好奇張望四周時，沫潔已脫去涼鞋整個人窩進大大的藤椅裡，唔嚀聲隨著風傳進我耳裡。

「聽起來像是十分舒服似的。」我不禁脫口而出，女人的嬌嗔聲隨後而來。

「坐過來點。」我摸索著兩人坐椅的距離，不意碰到同樣正在摸索的另一隻手，女人拉著我過去一起坐，如往常在宿舍的習慣，女人靠近我懷裡，我不自覺伸出手將女人攬進懷，女人一時驚呼，隨後又一陣悶笑聲。我低頭湊近，意圖看清那張臉此刻的表情，一隻細長的手指將我的臉輕輕推開，隨後又靠得更緊些，近得足以聽清鼻息卻又令人看不清神情。

「你果然很在意別人的目光呢！」女人的聲音輕輕響起。

「你是指？」我低聲像是在跟自己說話似的，卻很清楚女人此刻正在聽著。

「你只有在這種昏暗的地方才會大膽地牽我、抱我」

「在外面這麼做不太好。」

「有什麼不好嗎?牽手、擁抱又犯著誰。」

「沒什麼不好,只是我不太習慣罷了。」

「那就讓它變成習慣吧!」隨著每句話語在耳邊響起,女人的臉彷彿在我腦中一一浮現般,我不禁摟緊了懷中溫軟。

在這之後,每當和沫潔出門,她總時不時拉起我的手,當我意識到時,我正和她牽著手走在百貨公司裡。我不知道是不是她特意轉移了我的注意力,總之我似乎開始不太在意和女人牽手時身後是否還在嗡嗡作響。

隔了不久的某天夜裡,我躺在床板上望著窗外忽然開口說起那段始終在心底嗡嗡作響的過去。高中時曾有個女孩經常陪在我身邊,每當午休我躲到校園某個角落,她總會笑嘻嘻跟來,每當我下課趴在桌上睡覺,醒來總是會有一張紙條貼在課本上,放學會鬧著我陪她去校門口等車,有時會偷拉我的手,有時就這麼牽著不放直到車來,但不知從何時開始我的身邊開始嗡嗡作響,聲音不大,卻足以讓人聽見耳語。年邁的女教官恰巧分配了報告課題,我們這組正好是同性戀，同學望了我一眼，說著我們去換題目吧，另一組換來做時，老邁教官聲聲囑咐著她們要記得列出病因來源、病徵辨別等等偏頗的教學內容，報告時同學莫名亢奮，提出的問題像是句句針對我而來，無法辯駁也無力反抗的青少年只好縮著手腳，靜靜等著被人遺忘，直到畢業。

女人像是聽我話家常那樣，一邊敲著鍵盤一邊聽著。不知道為什麼，女人像是在乎又像不在乎的樣子讓人覺得那些真的已經過去了，被時間切得像是一片片薄薄的生魚片，剩下的紋理透明清晰，含在嘴裡滋味清爽而明晰，迴盪喉底的只剩那嗆人的哇沙米，魚片則早已離去，只有我還對它念念不忘。

四

「我們去夜店吧！」沫潔在聽見我和室友聊起不久前剛在附近開張的小型夜店，突然興致勃勃起來。

去夜店嘛，多點人總是比較熱鬧，我和室友分別找了幾個朋友一起過去，當晚我和沫潔晚了點才到。聽說我們找了些朋友一起去夜店玩，她不知為何突然糾結起穿著，硬是拉著我到百貨公司買了雙漂亮跟鞋。進到包廂時已有一組人進了舞池，包廂裡剩下的人不算多，卻也足夠把我們倆圍起，像是問話似的，一個個都跑來和沫潔聊天，看著她抽菸喝酒的模樣，我忽然感到一陣陌生，大人似的應酬模樣。我無聊地研究起沫潔擺在桌上那包菸，我直到今天才知道她會抽菸，趁著她們專心聊天的片刻，好奇抽走她指尖的半截菸，偷偷吸了一口微微嗆住了口鼻。

「你抽菸好像小孩子偷抽大人菸喔，小孩不可以抽菸啊！」沫潔像是有趣般看著我拿走菸，在我嗆到時隨手捻熄我還笨拙拿在手上的菸頭，還順道拍了拍我的頭。

「看你們都抽，有點好奇嘛。」我支著下巴，皺眉望她。

「陪我出去走走。」沫潔拉起我手站起，直走到遠處我們停車的地方，她坐上機車長長舒了一口氣，才微微脫開跟鞋。

「新鞋有些咬腳啊！」我望著她脫去跟鞋的後腳跟，那裡微微破了點皮，

「我們回家吧。」我主動拉過沫潔，擁抱著。

「不用跟你朋友說一聲再走嗎？我在這裡休息一下就好了。」

「沒關係，我們回去吧。」我傳了訊息告知室友，請她代為轉告其他人，不知道為什麼我忽然覺得她們也許正八卦著我們。

子語喜歡隱身在夜店嘈雜的環境、喧鬧的人群當中，卻不怎麼喜歡自己成為那聲響的中心，即使在這之間不見得有什麼不甚友善的目光，而人人都圍著沫潔又更讓子語莫名感到一陣煩悶。在子語還沒搞懂自己的煩悶來源前，這四處遊蕩的日子終究是到了頭。

五

即使覺得自己的生活因為沫潔到來而變得有趣許多，但子語骨子裡總覺得這樣的日子總會到頭，子語不能一直玩下去，總有一天自己要扛起家業，而此刻暑假的結束便像是一種盡頭。趕在暑假結束之前兩週，沫潔忽然向子語宣布她要去南部找朋友玩，請子語載她回住的地方收拾行李，再送她去坐客運，子語沒問題似的聳聳肩。沫潔有個朋友在南部，子語一直都知道，她們偶爾會藉著手機聊好久的天，但這麼大方說要招待她去南部玩半個月倒是挺可疑。子語既不好奇、也不干涉，說穿了沫潔和她不過就是玩伴，剩下的便是各自的私人問題，只要不麻煩，子語不覺得有什麼問題。

在這之後，很長的一段時間裡子語再沒得到沫潔音訊，像是消失了一樣，沫潔和暑假一起從子語的生活裡消失了。室友偶爾會提起那個突然出現又突然消失的那個女人，像是懷念什麼似的，子語始終沒將這事掛在心上，畢竟時間不會因為一個女人消失而不再前進，子語也有不得不去過的生活，如以往那樣過便是。那女人也許某天會又像那天一樣突然冒出來吧，子語忍不住在心底這麼期待著。

林鏡宇

早晨如常人般飲食、勞作、洗漱，奔跑於每個相似的日子。夜裡則像隻墨蠶似的，咬著書扉吐著絲線，反覆編織著不知名的夢境。

得獎感言

關於得獎，至今我仍感惶恐，如同宣布入圍那日上台時的輕微顫抖，像是埋進土壤的種子居然發了芽，在逐漸荒蕪的花園裡。

在此，我想感謝身旁寬容的人們，讓我得以在這規矩的世界長成歪斜的模樣，還有在網路偶識的友人，使我擁有敲下鍵盤的勇氣，您的那句鼓勵我始終謹記於心，最後感謝此次評審老師的青睞，為此我焚燒了三夜的睡眠。

小說類評審意見

〈在船上〉

童偉格

就像再次去猜想薛西弗斯，對石頭的可能之愛，〈在船上〉的作者，重新勾勒對存在狀況的惘惘格思：或許果真，使人生出長久生活下去的意願與能力的，並非如何抽象而高遠的理想，而僅是生活自身的可測條理。那種最具體的重複性，與可預期性。就此而言，我們理應最熟識之人，往往可能亦是最使我們困惑之人。如小說主角的丈夫，對主角而言。小說主角，因此一面揣摩著「某種硬性的規定，把人按在地上，像地心引力一樣的東西」，想藉由那些控制著他者生活的通則，去親解她其實無法理所當然去想像，遑論真確理解的他人；一面，卻也在揣摩途中，更其想望一種全然陌異於這些條理、像終於能走到生活之「幕後」的，純粹且尚無定義的自由。作者筆觸細膩，傳達出這種懸界上的漂蕩，是本屆作品中，意境最豐富的一篇佳構，因此獲選為首獎。

〈機艙〉

童偉格

〈機艙〉的作者，立意以絕對戲劇化的設計，描繪出人為了因應庸常生活，而刻意追求的極限體驗：那「一萬公尺高空中的鐵鳥腹」，使一切相遇與行徑，皆煥發出不尋常的狎戲之光；而奇特地，正是對生活的狎戲本身，使人生出了願意重複地經驗生活的熱情。一如小說裡的醫師夫妻，所著意管控的危境與冒險。小說歷數他們在這特別密室裡，種種「心理學與場域的實驗」，描述他們如何「試探失控的距離與極限值」。而也許，就情節布局而言，對讀者並非不可預期：這類「實驗」，勢必要以真確失控來作結，一如小說終局，導引我們見歷的驚悚場面。也因此，在技術上，這篇小說可說是直接撞上了一道有趣悖論，或者，是對類型小說作者的艱難挑戰：作者如何還能驚嚇到讀者，倘若讀者早有提防，作者最後必要驚嚇一下他們？

〈生而為人的日子〉

陳雪

「人是什麼？」「怎樣才能成為人？」「我是什麼？」「我如何從人為非人？」作者透過影子的述說，描述一個人的自我發現、碎裂、重聚的故事。

「我認識自己之前，我曾經是個人。」影子說。此處的人，是天資聰穎、學業成績良好、家族裡公認的優等生，在求學的路上毫無阻礙，直到他喜歡上他的好朋友，這個對於性向的認識，觸動了他對自我的省思，兩個優等生，在愛情面前，被世界排除了。這份覺醒卻使他認為自己已經非人，並且滑出正常世界，結尾作者與流浪者合而為一的過程稍嫌倉促，但仍能看出作者的企圖與努力。

〈逸軌〉

陳雪

描寫兩個女子一段偶遇突生的戀情，時而青澀時而激情，敘事中關於對方的描述會從沫潔突然變成「女人」，尤其關於性的描寫時，「女人」二字頻繁的出現，似乎為了強調這是「同性之愛」，且有著「成人作為」的意涵，乍看之下顯得突兀，但通篇這樣交錯敘述，也成為本篇的特色，這從頭到尾都是一段似真似假，似夢似幻的戀情，彷彿轉瞬即逝，也彷彿聊齋夜夢。

結尾時敘述者我，變成了陳子語的第三人稱，在技術上是瑕疵，但又回應了這作品一直呈現的突兀與夢幻感，似乎也無不可。

房間

散文類

首獎

李唯廷

人生接觸到的第一個房間，是家裡的臥室。

彰化市的居民，多數都有自己的住宅，我恰好出生在四層樓的房屋內，耐過九二一大地震，牆上只有一些龜裂。三樓有兩間房間，據說爸媽結婚前，現在睡覺的左側房間是伯伯的寢室，但伯伯先結婚了，搬去台中，所以他的房間理所當然地空了下來，變成爸媽暫時置物的地方，後來我七歲時，才開始在這裡生活。

但其實從來左右兩間房間，就沒有一個明確的界線。之間只有一個木板，相當厚實地讓兩側的化妝台倚靠著，甚至依傍而生的櫥櫃，成了小時候捉迷藏的祕密基地，在衣櫃裡面，只要不發出聲音，就不會有人找得到，只是一次被破解後，那裡就彷彿閃著燈光，每一次玩遊戲，都會翻找一下衣櫃。第一次沒被找到，體溫和吐出的二氧化碳浸淫在衣服的夾縫，讓呼吸越來越困難，但這一處是尚未被命名的地方，一瞬間我像是被獨立出來，也像是根本不在遊戲之中，感到安心卻同時感到焦急，這麼一來我是誰呢？我擦拭眉角的汗水，最後讓自己被破解，發出了幾個不明白的叫聲，等待姊姊把我找出來。

第二次躲在衣櫃，就是成年以後了。

高中後直到現在，搬了四次的房間，每一次入住總懷抱經營生活的美夢，彷彿新的地方，就能迎來新的人生，過去的種種都將被遺留在過去的房間。並沒有，多年後我總算才知道，房間並沒有消失，依然儲存在那些忠誠的衣服裡面，接觸熟悉的棉與毛，就能夠順帶地想起以前的房間。

高中的宿舍，房間住了五個人，每個人都是異性戀，包括我也曾是，那時候看著串門子的學長，光著身子走進走出，兩顆葡萄乾，穿戴著明顯的肋骨，像是宿舍的一部分，自然而然地在裡面移動著，漸漸地我也承襲了相同的基因。因為開始變瘦，開始知道生活是需要打理的，不僅是知識上需要花心思，我注重穿著，襯衫裡面必須搭配吊嘎，黃色的上身最好搭配綠色或黑色的褲子，才不會顯得失重。生活也因此穩定了下來，夜晚我是宿舍的一部分，和室友有說有笑，共享著五坪不到的小房間，將個人的空間極度壓縮，卻同時是宿舍的肌肉紋理，房間只是我血液循環的終點，或是起點。

快要睡覺時，我總會和室友們，隔著走道聊天，學長也在床下，跟還在讀書的Y聊天。偶爾聽見有趣的話題，我會從睡夢中醒來，哈拉幾句再回頭睡覺，每一夜都往返夢境與現實，漸漸地我發現學長也在夢境裡出現，現實與夢境的界線不再是思緒存在與否。直到學長開始準備考試，最後畢業，我沒有再看過他多少次。而我也畢業後，對於高中住宿的記憶，永遠地停留在最後一日留宿，禮拜六早上與夜晚一樣，房間內充滿潮濕的氣味，顯得孤單。

進入了山上的大學，開學前就已經先到宿舍報到，房間有八個人，號稱是全台最擁擠的房間，即使是六坪仍然顯得狹窄。一開始我認真地擦拭書桌，整理衣櫃，將自己喜歡的衣服放置整齊，室友一一地進駐，見到W的時候，是第一天的晚上，我和他沒什麼話好說的，但我確實曾經抱持著複製高中住宿經驗的希望，只是睡我旁邊的W，最後也與我遙遠，彷彿房間切割了過多的窗格，而我與他之間被一道牆隔離。

八人的空間，不管做什麼事情都會被注視，或是易於注視。我曾聽室長T私下說過，H患有精神疾病，大多數時間是正常的，只有在夜晚或是受到刺激，才會影響別人。H和我分居相對的方位，只是他能夠輕易地看見我電腦上的一舉一動，舉凡短暫瀏覽的男體，或是看似柔弱文青的word檔案，書桌上我從未擺放男體色情雜誌，只有幾張彩虹貼紙，那便足以讓H相信我是同志。

直到一年過後，我始終記得聖誕節的那晚，我向女性友人談到，「既然我們都沒有伴，那臉書上掛個穩定交往，來玩玩吧！」，對方爽快地答應，但我們通話結束時，H帶著八卦的口氣，問了我是不是同志，我笑笑地說不是，內心卻極想躲到小時候捉迷藏的櫃子裡面，成為獨立於分類的存在。

大二的這一年，我搬遷了兩個房間。從遙遠的溪流上頭，遷至西門鬧區的住宅大樓，頂樓加蓋的房間，夏日上午顯得燥熱，下午則帶有餘溫，像是冷掉的煎魚散發著濃重的房間味道。我滿懷期望，進到新的房間查看，房東跟隨在後，原本的房客沒有留下什麼，只有安全帽留在上層的櫃子，家具是鎖死在牆壁的，所以能改造的空間不大，我想。在這邊，我妝點自己的生活，參加同志遊行，拿了幾張彩虹旗懸掛在衣櫃之上，也把海報貼在白色的牆壁，每日早上打開衣櫃，不是先挑衣服，而是先噴上海洋調的淡香水，偶爾需要與人約會時，也會先上樓，穿戴上自己的生命，才能夠見人。

第三個房間，每一個月便從交友軟體上認識新的人，Eddie、Pony、匿名使用者、小象，這些人都在聊天的當下與自己靠近，貼近心臟的距離，實則隔了幾公里之遠，對方同樣也在床上，或是在廁所與我對話嗎？我感到安心，陌生人之間居然還可以找到相似的點，彷彿是大家都玩過捉迷藏，都懂得勝利者的孤獨，只是沒人會說。

十一月的時候，認識了義翔，我們相約西門町，從房間噴完香水出發。義翔遲到十分鐘，我在服飾店內等待，看著牆柱上的鏡子，檢查是不是適合約會，練習迷人的笑容，模擬對話，試圖讓對方留下好的印象。

見面時，我們談了很少，大部分竟然是換過幾個房間，我談著我高中的宿舍，與大一有八個人一起居住的經驗。我慢慢地把他的故事拼起來，原來已經在許多房間流浪過，會不會我也是他的目的地。吃完晚餐，我們繞著西門町，走了十公里的路，一個路口重複了三次，彷彿忘記時間，離開後我也確實的被時間給忘記，他在我家門口，看著我上樓，我知道那是最後一面了。

我回到房間，對著香水嘆息，打開鏡子，原來這不是令人喜歡的模樣，環顧四周，自己臉部的細節都沒有妝點過，一如居住三個月的房間，始終只有一些布置，灰塵還沒徹底清掉，成為新的沉積層，現在處於我的斷代。之後我便開始整理房間，究竟是這房間養出了我這樣的人，還是我完整了房間的結構，我重新擺放彩虹旗的位置，書本並列，乾淨整齊，卻令人毫無起興。

大二的尾聲，我從西門搬往板橋，新的房間相當寬敞，沒有太多浪費的空間，同學留下來的東西，只有遺忘的或是提醒的紙條。第一個晚上，我感到陌生，這樣的感覺明確地藏在高中宿舍的第一個夜晚，所有室友都還沒到，滑著沒有網路的手機，看空蕩的書櫃，於是興起整理衣櫃的念頭，探頭擺放時，卻想起小時候玩捉迷藏的孤獨，尚未被命名的自己。

我上軟體找了Eason，和他聊著一個人的孤獨，對於搬家感到陌生，隨即給了電話，對方不久後打來。我們沒說什麼色情的話，聊著自己如何發現櫃子，把自己從裡面救了出來，或者是一直躲藏在裡面；聊被多少學姊追，避免更多學姊追求，於是斷了建立人際關係的可能；我以為能和人聊起過往的事情，就是熟悉對方了，只是我連對方的名字都不知道，掛了電話，對方就從此消失在軟體的聊天室裡，封鎖了我。

我才知道，原來認識一個人的過去，並不需要知道名字，名字只是歸類的特徵，好像地址一樣，每個房間都有專屬的地址，板橋區或是萬華區，一一地將記憶收藏在對應的年代，消失的人啊，都留在了過去的房間裡面，我無奈拿起手機，繞著房間走，打開衣櫃，開始整理衣服。

衣櫃裡散發著前一個人的味道，那麼他的味道究竟是由誰構成的呢？如果我不進駐，有沒有可能住到一個從來沒出租過的房間，成為第一個氣味，那麼我將被下一個房客給收納，成為別人房間的記憶。我將衣服一件一件地堆疊進入衣櫃，彷彿也讓自己某部分藏進了裡面，Eason已然消失，正在沉積，在化為房間，成為與我同樣名字的氣味，或是成為下一個房客的味道之前，室內都還有同學留下的味道，於是我可以避免察覺Eason，並安置自己於房間內，開始房間的血液循環，最終還是成為無關於自己的，他人的基因。

李唯廷

曾獲金車現代詩徵文優勝及其他。喜歡健身、塔羅牌，最近喜歡的小說家是郭強生、韓寒、雙雪濤，暑假完成一部中篇小說，談的是離開。有點怕貓，想用占卜來換取他人的故事，一直沒有開始。

得獎感言

寫這篇的時候，看了楊婕的《房間》，誠如文章所說的，房間對於我來說是個記憶的節點，透過閱讀他人的房間，來喚醒自己房間的記憶。我覺得書寫房間，是一種建構自己的哲學，大多數人的房間，應該都不是只有一個，在遷徙的過程中，環境會改變心靈，心靈就會改變房間的布置，而我做的事就是爬梳這些凌亂的時序。

稿子的字數限制都是微型版的，所以比較難掌握，給朋友看，也被說和之後幾篇的房間系列散文比起來，這篇隱晦了點。縱然已經改了好幾次，仍有難盡之處，不過當文章完成後，就具有生命了，希望能夠給讀者一些的空間（房間）去思考。

感謝楊婕，感謝評審老師，也感謝炫霖當系列散文的第一位讀者，以及子萱的不離不棄與指教。

藍色印記

散文類

佳作

陳研諭

國中生勘視會考考場的下午，學校放了半天假。這是他們的戰爭前夕，我們的懷舊時光。幾週前，點開早已冷清的國中班級群組，我邀約當日一同返校探望老師。稀稀落落的回覆，對比近兩倍的已讀人數，我扯了扯嘴角，把手機塞回書包。

眼見時間差不多，一行人跨進校門，踩上階梯。走過穿堂時，經過身旁的學生們都快步拉遠了距離，才敢偷偷回頭窺視，彼此附耳悄言。過去在校園裡見著陌生面孔，我也是同樣反應，離得夠遠才敢暗暗觀察，迎上同學的不解目光，便知道我們都全無所知，咧嘴一笑。

導師站在辦公室後的招待桌旁，叫大夥都坐下。雖然來客不足十人，可位置實在不夠，我懶得再搬椅子，挨著同學直接坐在扶把上。所有人圍著大桌落定，誰也不曉得怎麼開口，彷彿圈著一片沉默，而我是盆緣的某座突兀山頭。導師問起近況，一名同學接過了話題，這才漸漸熱絡起來。我暗自鬆了口氣。

在場的學生都詢問了遍，導師轉而探聽那些往日班級焦點、如今銷聲匿跡的孩子。他們如數家珍地一一回覆，丟出的資訊或深或淺，但彼此串起倒也能拼成頗有架構的故事，然後添加更多想像。一個名字像一顆星球，組合成廣袤星系，丟出的每句話星芒般綴滿夜空，而我卻成了流浪行星，愈漂愈遠、愈漂愈遠。離開前，我湊近那名隨時都能侃侃而談的同學，壓低聲音問：「你怎麼知道這些啊？」

「補習班都遇得到啊。」他笑道：「你快變成失聯人口了。」

這句話縈繞在耳，直至返家。儘管知道「失聯」的意思，我仍到網路辭典上查詢，卻得到「無此結果」，莫名想笑，然後又以自己的名字為關鍵字，按下搜尋，相關資訊鋪展開來，新舊交雜，平行血管般條列，點入連結即是戳進皮肉，層層剝開這個帳號曾用數碼刻下的足跡，赤裸得驚人。

失聯。我第一次不明白它的意思了。

*

各大展覽抓準了暑假商機，相繼祭出優惠票價，Z邀我同行，敲定某個平日下午參訪，避開週末人潮。賞畢離開前，被工作人員喚住，「請問你們還會進場嗎？今天以內可以重複觀展。」我們點點頭並伸出手，幾秒後，手背多出圓形的藍色泥印，是展覽的特殊戳章。

「其實我沒打算再進去。」我說。

「我也是。」Z舉高手，臨光而視，「但是沒蓋到章，就像沒來過一樣。」

太陽很大，我學他瞇起眼，將手湊近鼻尖，用拇指輕輕摩娑它，隨即糊了線條，就此缺了一角。我曾發下宏願，嚷嚷著要保留章印超過一週，卻總卡在兩天，止步不前，之後再也沒試過。

我和他們也是如此，初時興高采烈地為彼此蓋下戳章，以為這就是銘刻，因為當下隨時都能補蓋，於是放任時間一遍遍沖打磨損。再相見時，章印早已褪得面目全非，僅能從對方的細微動作或說話方式，模糊地認出曾經的輪廓——可是，彼此終究成為了不熟悉的個體。

舉著印章，我曾標記的那些背影一一遠行，痕跡盡褪。應該要追上嗎？當初是誰找到了誰，現在又該怎麼做？

扭開水龍頭，水柱沖刷著泡沫，我慢慢地搓洗手背，直到再也看不見一絲的藍。

*

放學時分，校門口總會排起長長人龍，伸長脖頸眺望馬路彼端。直達補習班的公車總似過載的船，每次靠岸都會湧上一大群焦躁的乘客，慢慢駛去，像洋流裡一尾疲憊的魚。經過那列隊伍，我繼續前行，游絲般從他們的生活中剝離，最後僅存的薄弱聯繫，只剩下同樣反射著陽光的白色制服。畢了業，脫去這身桎梏，彼此就再也無所相干。

停在橋中央，向右手邊望去，是城市的血脈，一條永無止息的河。過往載運了千萬噸生機與商機，如今安分地仰躺著，水光粼粼。儘管下游因流經觀光區而曾整治，上游仍是工業都城的本貌，但無論何種，都是我記憶裡的河，我甚至感覺身體裡有一部份的它，或者相反。汩汩淌過、沉默積澱，吞吐無數渣滓與星光，最後還是得流往既定的方向，帶走些許記憶，並且遺忘。一點一滴，以為會永遠珍惜的，居然這麼輕易就能放手，甚至想不起當初為何固執地握著——因為忘了。

如果還握在掌心，又怎麼會為了靠近而困惑。

回到家，我找出國中畢業紀念冊，沒翻到瀏覽貼滿我們生活照的班級欄，而打開了封面背後，供師生們留名紀念的空白處，足足有四頁，我的冊子卻只被簽了一半有餘。鬆散迅疾的字跡，大寫的祝福，似乎這就是所有想說的話了，往後的鮮有聯繫，於是變得情有可原——緣盡於此，分道揚鑣。

倘若並未努力游近彼此，反覆確認手背上的章是否還在，痕跡很快就會淡去，徒留一圈若有似無，能隱約認出那人廓容，但關於對方的一切，漸漸霧成撲朔迷離。他們有千百種方式尋覓我的蹤跡，反之亦同。網路如細小而湍急的水流，乘載部分真實迅速往返，我還無從置妥自己的無措，生疏的內質就會先屏蔽許多、許多。人究竟是趨光生物，本能地湊近溫暖與明亮，遠避無聲沉滯。於是，尚未交談之前，我就先暗自退了場，護著僅存的戳印，喃喃念舊。

時光已逝。所有的遠離皆是相對論。

*

「快點！」Z邁腿跨越草叢，踏上半鬆軟半堅實的沙地，奔向海灘。我側頭望向一旁的「請勿戲水」標語，無奈地跟上。

每踩一步就會陷落幾分，沙粒鑽進趾隙，沾附汗水，隔開腳底與鞋子，竟也有種異樣的乾爽。小心翼翼維持著平衡，當我步至浪邊，Z已經叉著腰站在海水裡，眺望天際。潮起潮落，浪沫輕柔拍打那雙久未曝曬的腳丫。暑期輔導課中午放學，我們隨即跳上渡輪，航過港灣、投向蔚藍的懷抱，一陣海風就把方才課堂上的彎彎繞繞悉數吹跑。

我朝Z走近，冷不防被洶湧捲來的浪打濕鞋襪，怔在原地進退兩難，Z早早換成了拖鞋，指著我哈哈大笑。沙灘被曬得熱燙，光腳觸地簡直要命，我索性仗著運動鞋的活動自如，快速接近他，豪邁踢起一腳海水。他邊罵邊笑，用腳趾夾著拖鞋逃跑，一面回敬好幾掌浪花。十幾分鐘後，我們坐在蔭涼處，白色的制服濕答答地掛在身上，陽光點點灑落肩頭。

高溫烘烤之下，不出片刻衣服已經半乾，我朝天空伸直臂膀，瞇眼瞧向手背。乾潔如昔。

「明年暑假，就不能這樣玩了吧。」Z突然說。

「如果你不介意重考——」

「要也會拉你一起。」他笑著推了我一下。

一時再沒人吭聲。浪潮再度撲上岸邊，靜靜退去，那片沙浸了水而顏色轉深，又在數秒間回復明爽的淺灰。

「說起來，你有想過考去哪裡嗎？」我仍舊盯著海面。

「可能會盡量選中部吧，有親戚接應。」他望向我：「你呢？」

「……不知道。」

手背暗暗作疼。

歇至日頭半落，我們才慢悠悠地踏上返途。上了渡輪，兩人擠在欄杆旁，遠眺最後一線豔橙消失，此後便是濃紫墨藍的夜。遠遠望去，各色霓虹像地上的星，銀帶般長長地圍著堤岸，蔓延至天際。

「畢業以後，再來一趟吧。」Z突然說。

我托著下巴回答：「都行。」

「不是，」他輕輕握住我的上臂，將我轉向正面，彼此對視，「我是說真的。」

海水一波波拍著船側，浪聲猶如細碎呢喃，在耳畔低語，遍遍刻進記憶。他的手被風吹得很涼，我被碰觸的那部分臂膀卻隱隱發燙，彷彿烙印了什麼。

「好啊。」我笑道：「一言為定。」

陳研諭

生活在濱海的城，血液裡大概淌著濃濃的塵粒與鹽巴。入睡前只能囑咐自己三件事，其餘會全數遺忘，不寫點什麼記錄下來，自己好像就變得不完整了。目前希望半年後就能順利結束手邊的一切，去看看另一片海。

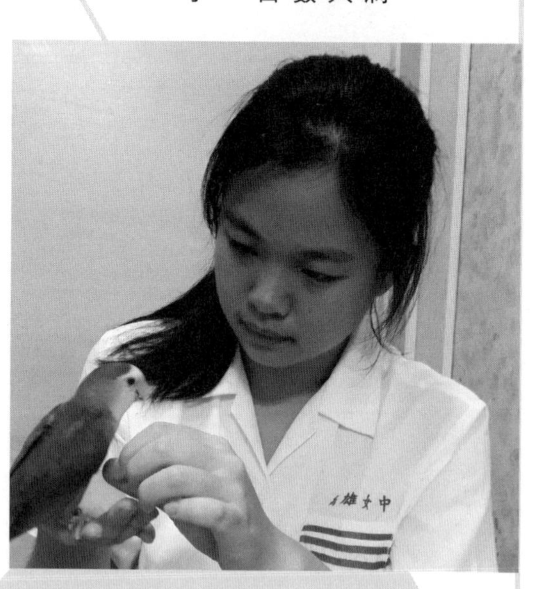

得獎感言

謝謝評審，以及放任我胡亂生長的人們。因為嘴笨，所以只好試著讓文字盡量誠實點、再誠實點，探究自己成了一種癮。後來發現，無論是哪一段記憶，總是泛著深深淺淺的藍，以及明豔得過分的陽光。我們是一群傍海長大的南方孩子。只是，地緣好像終究繫不住時間，一度覺得牽住了誰，又驀然鬆開了手，來來去去。還以為自己挺念舊，仔細想來，才感受到骨子裡的冷，像海的溫度。

但海風總是徐涼帶暖，我相信著。

少年馬賽克

散文類

佳作

許巽絜

我和記不起名字的男學生們，一起待在國中輔導處的會談室裡。他們擠在L型的沙發上，隨手就拿起旁邊的絨毛娃娃打鬧，我板著臉、口氣不悅的說：「尊重一下，好嗎？」他們的動作稍微停頓，男孩突然有了興致回應：「老師，一定是我們做錯事，所以才被約談吧！」其實我有個意外的身分，因緣際會在第八節課開「社區認識」的課程，主要教導學生利用訪談技巧，去訪查社區特色，由各組自行設定的主題，並且製作成簡報報告。

「不是，是聽說你們這組進度落後，我才特別借一節課關心的！」語畢，我轉頭用眼神向輔導老師示意，他馬上接到我的訊息也跟著附和。我運用圖卡了解學生的狀態，又分為兩小組重新設定主題討論，我這組的男孩依舊執著要訪問當地著名的飲料店，我不斷質疑店家要做生意，怎麼會有時間願意配合呢？男孩世故的說：「這很簡單，就買全班的飲料，我不相信他不讓我訪！」聽到這裡，我眼睛亮了起來，不禁討論起學校不能買外送飲料、飲料要放到警衛室等假設。好不容易一堂課結束，設定完畢主題與訪問問題，總算跟上其他組的進度。

「或許我是女老師吧！所以這些男學生一方面表現自己很厲害（成熟男人），一方面卻不斷推拉要我哄（幼稚男孩）。」事後我和輔導老師分享自己的觀察，這是輔導界慣用工作方式，在個別會談、團體活動後稍作討論。後來這次讓我深刻印象的兩名男孩，還有另位班級隱藏版男孩，成為我另個輔導活動的個案。所謂的個案對外是不能有名字的，書面紀錄的姓名會被特殊符號取代，活動照片的臉孔會被打馬賽克，這是個案隱私的保密原則。姑且稱他們為「少年馬賽克」，三個人剛好是「少年馬」、「少年賽」、「少年克」，不怎麼優雅的名字，但我從沒忘記他們的臉。

「少年馬」在活動第一天我回饋觀察的優點，他便大聲嚷著說：「你們輔導老師都只說好話而已啦！」我笑了出來，真的，我習慣用「優勢觀點」去探掘每個人的優點；但另一面想不透怎麼會有人不喜歡被讚美。所以我問：「那你覺得我講的和別的老師不一樣嗎？」他羞怯回應說有。他對自己的自信低，也對大人的信任感低，有時應對一聽就知道是場面話，例如討論未來職涯時，總是胡謅要賣魚、賣BB槍……做生意賺錢。

直到某次下課時間，他手上拿著兩張印滿升學資料的表格，認真向我詢問升學的方向，他清楚分析自己的在校成績與才能表現，大概可以讀哪幾間學校。在事物的安排上，他有自己心中價值的優先順序，並不是像平常的吊兒郎當。之後，他對我安排的活動也越來越專心，不會被另外兩人時而浮躁所影響；聽說對課業也開始有自我要求，甚至還請假一堂課去完成家政課的考試。

曾經問我讀哪所大學畢業？我回某某大學，他突然瞪大眼睛直誇這所學校很好哎！我強調不是台大，他仍一直說是不是在羅斯福路上?!接著說：「像妳這麼優秀的人，為什麼來教『我們這種人』？還要被我們欺負？」突然我的心揪了一下，因為從來不想讓孩子和我接觸而被貼標籤……我說，我們都一樣……

「少年賽」就是實踐自費買全班紅茶而順利採訪的男孩。第一次見面時，主動前來問我認識某社工嗎？故意試探我，表示做過很多壞事；我回應他：「以前我是學校社工時，陪學生去警察局、法院、少觀所……是常有的事。」他露出被接納的神情，自述加入幫派，累積大小過與警告，不得已轉學轉到這裡，因為沒有學校想收他。為了取信於我，特別給我看一段手機影片，炫耀表示前陣子新聞有播國中生被校外人士霸凌，就是他們做的！新聞播出的當晚，警察馬上追查，但是同夥沒有把他供出來。

不知道為什麼，他對錢財的需求量很大，詢問做過哪些工作呢？他說賣K仔、掃街、洗車子。賣毒品這件事，有人幫他擋了，案件已進入司法程序中；但我不解問「掃街？」是清潔隊的工作嗎？他笑說「掃街」就是在林森北路的酒店當圍事。我又問哪份工作賺的錢心安理得？他說是洗車子。

活動中他時而正常、時而胡鬧；後來看自己每次的紀錄，才發現都在檢討他的心不在焉。有次當其他兩人分心渙散時，他突然認真對我說：「老師，妳有聽過一百個小天使的故事嗎？」我搖搖頭，他繼續說：「我媽媽說，人還沒投胎前都是小天使，在排隊等著到人間。但是有人等不及了，搶先下來卻沒做好準備，所以受傷成為有殘疾的人。媽媽說，我們不能欺負他們，因為他們比我們更想當人。」他的真誠讓我相信故事的真實。

「少年克」時常因為上學缺曠課不見蹤影，剛開始參與活動時，只見他兩眼無神一直傻笑，說話頭頭是道，內容其實很空泛。事後閒聊，他笑得開懷說，任何課程只要他不想聽就會傻笑；話峰一轉，他突然問：「老師，妳要不要加我們的黃片群組？早上我們都在廁所看，而且影片每日更新喔！」以一種見面禮的方式表示友好，但我直接拒絕了。又有一次，明明是要提醒男孩們不要在性別界線上以身觸法，「少年馬」與「少年克」竟聊起昨晚看的「老師與學生」色情片，我不得不強硬打斷：「尊重我是老師吧！再講就告你們性騷擾！」

國小時他曾是班上前三名，有次被老師誤解後，開始扭曲對上學的想法，沉迷電玩而不願讀書。他不喜歡學校老師，不過我的課都會出現，猜想應該是即將學期末也漸漸覺悟。未料有次活動沒看到他的身影，恰好遇見班導，表示他整天未到校，或許會來上我的課；我笑說不可能，我的課上完就要放學了哎！結果再次返回教室時，卻看見他背著書包坐在椅子上。

邀請他們分享喜歡的音樂影片，他喜歡五月天的〈乾杯〉，因為內容敘述一個人從出生到死亡的過程，感嘆要好好珍惜生命才是。我也問如果今日是你的喪禮，你會看到誰來？他臉色沉重說：「我會看到我爸爸哭……我們父子關係其實不好。」旁邊的「少年賽」說會看到老大帶其他小弟祭拜，他不假思索回應：「老大才不會在乎死了一個小弟！」

我說，我們都一樣……青春期的我，對於未來也是相當迷惘，總是蹺課、寒暑假要重修、操行成績在及格邊緣。其實我國中小功課很好，但不知為什麼讀高職後一落千丈，曾經很努力準備期中考，總成績仍不盡理想。發成績單時，後面的同學拍肩問我：「妳這次考第幾名？」我沮喪說倒數第二。結果他開心的告訴我，他是倒數第一喔！這位同學高中畢業後沒有直接升學，花了一年的時間去爬台灣百岳，後來也讀自然生態相關科系，甚至讀到研究所。我也是，轉個彎去讀社工，從中得到人生疑惑的解答，現在還念中文研究所，選擇自己喜歡的路。

從高處落下的苦楚我懂，被邊緣化的孤獨我懂，人生沒有意義的迷茫我懂；所以我直視少年們純澈的眼，語重心長說：「你現在不行，不代表以後也不行。不要放棄自己，不要被眼前的事物限制，人生是一連串的過程，更重要的是——你想成為怎樣的大人！」

許巽絜

目前就讀國立台北教育大學語文與創作所，畢業於台北市立士林高商、國立台北大學社工系。從事助人工作多年，偶有作品得獎與文章見人。至今覺得人生很曲折，只能用文字抒寫與記錄不可靠的記憶，或已讀不回的光陰。

得獎感言

那天，和兩位國中女生分享自己的求學經驗，因為家人給予的讀書壓力和高度期待難以負荷，所以我希望讓她們看到不同的觀點。「你們知道嗎?我的碩班同學，有人高中讀資優班，但我讀高商還是班上倒數的!可是我們現在可以領一樣的畢業證書!」藉此欲打破一些讀書升學的刻板印象。

非常謝謝評審老師肯定我的作品，也謝謝印刻文學舉辦文學營隊給予機會。我在助人的工作中，一向相信以生命影響生命，現在能透過文字遞達，讓更多正在經驗、曾經經歷成長辛苦的朋友們知道，我們站在同一陣線上——你不孤單!

安全碰撞距離

散文類
佳作

朱延喻

依照結構計算書之規定，建築物高度每十公尺之安全碰撞距離為五公分。
本案距地界線已超過五公分，符合規定。

人們會依循對方看事情的高度，去改變彼此之間的陰影比。這件事是你教我的。

那年畢業前夕，你在學校屋頂露台，因為以建築專業的角度，露台不計入樓地板面積，因此是整棟建物最自由的所在，也是你最常去的地方。

「你知道人如此的嚮往自由，得到的卻是受保護的自由。」將來學校屋頂整片的綠花園，會二次施工成一間溫室。而當時的我，戴著一口牙套的我，如整修中的建物般，面對徬徨只能無語。我一直有種預感，預感我們的故事場景，會設定在一個禁錮自由的公有地，然後，故事的時間點設定在畢業前夕，一個欲說還休的夜晚，蠢蠢欲動的前夕，而我將會在這裡，投奔那受保護的自由，而你會保護我。

我們的母校年輕，集青春的肉體、青春的心靈，但與此同時卻也是集結制度、社會與階層的教育載體。踏踏實實地在這裡，我們建立我們的規則，再盡其所能地打破他們，以那年紀的矛盾反叛，像是先有了結構體的建構所存在，經由我們定義了建築面積，再躲進法定無須計入容積的此地（這片廣闊露台，我們的祕密基地），產生我們從此自由了的錯覺。

鮮少離開這棟建築體的學生們，沒有人不知道所有容積獎勵都被匿名的美德者給偷走了，身為窮學生的我們只剩下露台，及這片天空。加上時常熬夜，時間常常在身體失去知覺間被偷走。不過你總是傻呼呼地責怪自己的意識不清，所以並不計較。深夜的天空，有零星幾顆星的點綴，以及寥寥無幾的學生嬉鬧與蟲鳴鳥叫，幽微的悲傷程度幾乎如小數點可以忽略不計，連在施工圖上斤斤計較一筆一畫的要求都不必，然這座山之學校，得來不易，依循建築法，在山中新建大遍建物是困難而充滿醜惡的過程，生活在裡頭的卻猶如一座青春王國，一則城堡上的童話故事。

「夜景啊，真美。」在露台上就看得到，不用費力參加聯誼，經歷一系列抽鑰匙、牽手、成為彎道情人的繁雜程序，卻在即將離開前才輾轉瞥見轉瞬即逝的一撇流星。

「日出，也很美。」長期熬夜所積累的壓力幻化成的一句讚美，使我激起非凡的憐憫之心。

「對了，記得嗎？結構課上，教授說的安全碰撞距離，就是我們的距離。」我用眼神看著他，想嘗試用腹語說出這句話，當然，沒有成功，畫面變得詭譎。

我們倆的身高比大約是一比一點二，五公分的安全距離不算長。但偶爾也想拋棄那些法規俗事，違建心之所念。一棟新建中摩天大樓，隨著樓層的堆疊，鄰近的老舊房屋就必須經歷一翻整修，減少自身的重量、體積以改變彼此的陰影比，達成都市的和諧與平衡。我總矛盾的希望仰望你的高度可以越來越高，因為你是新建中的那種建物，而我算整修中的、搭鷹架的老屋，老屋翻新後，建物彼此的安全距離也會更趨遙遠。

後來，好長一段時間，如蓋一棟建物的時間，我們都沒有聯繫。然後一場都更案，我們家的老屋被拆解的一蹋糊塗，我也搬了家，從此再也沒有安全距離的法規疑慮。那年畢業前夕，那片露台與星空之夜，最後一句話的內容，你說：「明天幫我上台領獎。」而後就趁著我被制約在典禮講台上的莫須有時光，越過地界線消失地無影無蹤，留下我跟露台，那個從「露台」變成頂樓加蓋溫室的違建露台，你四年中努力留下的書面榮譽，也就隨著脫帽儀式被我甩出窗外，雖說，意義上我們的距離還在，但已經不知超出安全距離多少路途可以形容的遠。

但我那如老屋般的笑容，看著都市榮景繼續發展下去，越發欣欣向榮，也許哪天學校拆除重建後，還是會相見的吧？

朱延喻

一九九六年春天生，現職建築繪圖員，二十歲第一次離開台灣，獨自旅行歐洲一個月，閱讀、都市速寫、近視七百度，是一個喜歡記錄過程的女孩，視自己為一棟修整中的建物。

得獎感言

有時回想平時那些擺放床頭櫃的，幫助我們沉沉入眠的沉沉的文字，以及課堂間左右腦切換的，違反尊師重道的閱讀行為，所幫助我們得到的東西，以及我們深深著迷卻難以言喻的，只是於幽微的日常書寫出來，就能使我們感到一點點放鬆，鬆弛那位於眉宇之間，稍稍緊繃的肌肉，鼓勵擁有這一絲感應能力的你我，將他們轉印於紙上。

此篇獻給一位摯友，他的手能夠繪出美麗的城市線條，我們在學習的過程中以繪畫作為書信往來，以此篇散文保存這段歲月、我的朋友宗漢與他的圖畫，謝謝你，於此為您書寫是我的榮幸。

散文類評審意見

〈房間〉

楊佳嫻

當代文學裡的「房間詩學」已成為頗為龐大的譜系，它彷彿是人類生活中自我認知與維護的最小空間／社會單位。本次首獎作品〈房間〉即以學生生活內輾轉搬遷的各個房間為經緯，串起學習、幻滅、成長與性別議題，房間如何布置，凸顯哪些物件，都關乎著我們想被其他人如何認識，此時此刻我的氣息終將於無數陌生人積累的氣息融合為一，變成房間的歷史。當然，對於處於現身邊緣的同志而言，不管多大的房間內也許都還藏著更小的空間單位——無所不在的櫃子。

〈藍色印記〉

高翊峰

青春是真的懂得消逝為何的一次性戳印。不論戳印的顏色為何，形狀為何，圖騰為何，都以春春之名，令人迷惘、憐愛以及回憶。這是一篇清淡印記了無以名狀的青春之詩，游移在似有若無的情感之間。文字下重的敘事，有放輕的思緒，隱隱約約躺流；情感下重的轉角處，也有文字的節度，展現已經開始克制的年輕。其中都是難能可貴的嘗試與試寫，特別是當寫者面對著青春。作為一篇青春之詩，它傳遞出來最直觀與精準的，都是關於青春的隱喻：沒有青春最後不被時間洗滌成一個只是不容易再見的藍色印記。

〈少年馬賽克〉

高翊峰

是晚了才發現，沒有人不會變成大人。每個人都會長大，並變成想像中的大人，或者自己過去曾經討厭過的大人。這過程中有一階段是「少年」。而這階段，經常主宰著那被稱謂以名的未來。這篇文章，說的就是特殊個案輔導者觀看中的「尚未成為未來的未來」。它直視了個案，也直視了個案的當下人生，貼近了三位茫然失去方向的少年。它不假美文，像是速球，真切紮實投入捕手手套，響起一聲簡單的巨響，知會讀者：我們都曾經是馬、賽、克其中的某位少年吧。

〈安全碰撞距離〉

楊佳嫻

這次本次參賽作品中最為獨特的一篇，手寫稿，因此我猜想是短時間內創作出來的，若能有充裕時間琢磨，一定更為出色。全文以「露臺不計入樓地板面積」為引子，因此露臺是自由的，也是你——敘述者致意的情感對象，最常去的地方。然而這自由是有限的，因為有限，才能徜徉而不感到恐懼。青春和你，都像一棟建築物，有自由空間（可能被管制、偷走），也和其他建築之間存在著安全碰撞距離，就如同你和我。是以建築學概念巧秒寫出的青春惆悵故事。

三別

新詩類

優選

許明智

他們在城市的疆界上種植
歷史與記憶的符號
在最後的離別之前
夕陽開始升起　　在永遠不滅的
藍光與霓虹燈中
屬於當代的戰役
仍緩緩蠶食著人們現實的夢境

〈心昏別〉

限時動態進入無限輪圈
有如兵車的大舉入侵
我們在影像中構築真實　想像

與呼吸等值　讓直覺
靜靜淹沒時間的觸感
「誓欲隨君去」。　革命戰役又起——
拼貼的心靈在光纖路上流浪
永不昏暗的故鄉
我們恐怕還是只能以距離為家
在遙望中啃蝕著彼此的願望
讓等待沉澱在無聲的圖示中
手指記得　不要停止下拉更新

〈陲姥別〉

都市更新後的角落很冰

姥姥正努力輕搓著泛黃的笑容
「人生有離合」　她反覆唸著咒語
偶爾向喧囂的車流吼出
卻只是換得一道路的寂靜
姥姥她還記得杜甫　杜甫卻已經在時間的廊道上
對那些破碎的詩句點了火
沒有積屍草木腥　嶄新的犯罪已經可以完美分解遺體
也沒有流血川原舟　人們只記得泛舟
在安穩的水流當中沉載
讓不合時宜的人事物化作一處
長滿黑漬的屋居
再把它與姥姥一同運往城市的邊緣

〈蕪家別〉

沒有界限了　屬於過去的空間
明知荒蕪是唯一解釋
「安辭且窮棲」　人們開始在雲的那一端
搭建不用成本的家
有時遺忘一串數字　卻又再鑄造一把相似的
鑰匙　於是連杜甫都想不起來正確的日期了
西元七五九年　那年有著永不日落的鮮紅天空
杜甫在詩集的殘輝中彷彿看見了一處
草堂　不——
那是縣吏最動人的身影

在被抓走前一刻　別輕易認輸
「人生無家別，
　　何以為蒸黎？」
別遺忘適度地按下限時動態的傳送鍵
再向著看不見的月亮
做一個網美的告別姿勢

許明智

現就讀於台大中文系二年級。天秤座，總是在選擇之間游移，嘗試從多愁善感中走出，每天以文字為生活的糧食，以寫作為精神的寄託。喜歡嘗試用不同方式隱喻人生，並以旅行體驗之。

得獎感言

虛構的真實，這是在收到得獎通知後，第一個在腦中浮現的詞彙。

我仔細逼視這樣近似夢幻而略顯虛構的文字，正如我一直以來筆耕著的那些。而當這些文字能被以另一種形式呈現在他人面前時，便又如我所尊敬的小說家吳明益於《天橋上的魔術師》中所提及的「魔術時間」般，是一種具有極大吸引力，卻又不能直接觸碰的物事。

我明白，在文學的殿堂前意外地得了獎，是不宜過度喧譁，更不適合停留在這個時間點。

上了大學後，由於人與物之間接觸媒介的頻繁，才發覺到自己之於文學方面的知識，是多麼地淺薄。然而，我卻偶爾會意識到現實中一些難以言明的光害，或許，只有文字是最好的解方。

於是我寫，在古典與現代間渺小地遊走著。或許，我一直是那個嘗試著接近魔術時間的人，以漸近線之姿不斷趨向於夢想。

感謝曾被我的文字感動過的人們，以及啟發這首作品取材的杜甫詩課程。

新詩類

優選

李冠玟

副作用

傍晚被你觸碰過的地方
全都長出
沒有名字的草
昨日即將到來
而明日的你已不在
且無關乎取代
每個晝夜你都帶回一些舊的
貝類或潮汐間的動盪恍惚
即使拖著腫脹的殼

你用昨夜刺穿她的
那把刀
刺穿我

掬一把往日踏過的泥沙
盛裝入腹，再取走
一小截懸而未決的疼
我擰著後背，你張望
濺濕的雙手
因此無法擁抱
因此你又一次跳下港口
泡壞僅剩的那條腿

仍然試著用
今晚的你全身都在出水
來代替
牽涉愛與不愛的那張嘴

否則就得以泥沙和著一些細小的貝
鑿洞
即使無法與你的不安相溶
也足以容納彼此
一身的水

我的身上
長滿了沒有名字的草
在它們刺穿你之前
你先鑿開了我
在懷中或在夢中
趁還能折射出水光之際
假裝溺斃

李冠玟

一九九八年生。目前就讀於東海中文系。喜歡純粹的事物，於是這個夏天開始寫詩。

得獎感言

夢和副作用一樣，是無法避免的。尤其在二十歲這樣複雜而又微妙的年紀。

可惜我睡得太少，它換了模樣在白日裡尋我，以為裝作不知道對方底細的日子才是人們口中的日常，卻深知彼此別無選擇。

謝謝世界上所有柔軟的事物，我明白尤其在夜裡，你們無意間掠過一些縫隙，承接住一些搖搖欲墜的。

幼稚園

新詩類

佳作

陳濟玫

總是教導孩子太絕對的真心
構建太完美的童話
告訴人們只要打敗壞人就能過上幸福美好的生活
在太遙遠的以後　長生不死藥都批量發售
誰也依然能好好活著
死亡是個概念不全的詞
每個人都在圓弧裡找到最適合自己的位置
各司其職

然後再要求人們長大
把自我投到社會裡磨碎
還要快樂的血肉糢糊
快樂的面目全非

社會無限循環完整的摧毀殆盡

陳濟玫

高中生。懶癌和拖延重症患者。喜歡閱讀、音樂和旅行。因為喜歡閱讀所以寫作，習慣用文字記錄生活。夢想是體驗跳傘和Bungy Jumping。

得獎感言

能夠獲得全國台灣文學營創作獎，實屬意料之外的幸運。雖然寫詩從來不是為了要得獎，但獲獎對我而言卻是莫大的鼓勵。

文學若是場美麗的演繹，而詩便是精練的劇本，詩最讓人著迷的地方，便在於其精簡卻深刻。如舞蹈之於走路，釀酒之於穀米，沉淺而深湛。這個時代走的極為快速，亦被不停的創新，而人們從古至今想表達的萬千言語，被留下的經典，仍是詩歌中的人性與愛。

雖然我現在文筆還有許多不足的地方，但願以後能更加精進，讓我的文字化為平凡的蜻蜓，撩動一圈水波，以漣漪之姿，被註記在我所身處的時代。

新詩類

佳作

拉麵

信徒

天空的盡頭是
淨土

代代相傳的神話
或說迷信
無須憂慮夸父沒有後繼
世人總是趨光

垂下的繩索前
相信自己是
應許者而義無反顧
忽略遍布的荊棘

「再堅持一些、再一些。」
捨棄一切負擔：衣物、財富、自主
視線落在伸手可及的天際
沒聽清和藹裡包藏的
風涼

舔舐手背的蛇信
劃破晴空的身影
講求博愛的神
只讓利己者倖存

白裡透紅的疲憊
向下一瞥

不近不遠的地面
了無生氣的人偶疊成了巴別塔

雲上有人笑著，雙手乾淨而無血跡
有天使呀。
替神迎接命定之人

前方是渺茫的希望
後方是蒼涼的絕望
破落的繩索終究為祂所棄
裂痕迅速蔓延
會是它先斷掉
還是你放掉

拉麵

本名曹孟芩，畢業於高雄女中，目前就讀於台大哲學系的厭世中二病。

曾獲駁墨三城文學獎第十九屆小說組佳作、第二十屆新詩組佳作及小說組第三名。

相信生活中不一定有空隙能讓妳喘息，但稿紙上一定有空白讓妳填補。

得獎感言

首先感謝池花，如果不是妳對這首詩的高評價，以及
妳說的要我更有自信，我不會有勇氣再次嘗試。
也感謝責編，有妳一直在身邊，我才能坦然而無懼地
鬆手墜落，也才有餘力轉為冷眼旁觀的角色。
我是從寫小說開始接觸文學獎的，心之所向也依然是
小說，寫詩是個意外。
卻是個跟哲學系一樣美麗的意外。
漸漸戀上寫詩，我想是源於表現力的差異。
它總是可以記錄下我最真實的痛苦，不需要包裝成他
人的命運。
每每在成功引起共鳴之後令我雀躍不已。
詩篇謹獻給那些聽信承諾而拚盡全力的人們。
總有些團體裡，幹部們習慣向妳保證一個美好的未來
——只要妳努力。
而我們終究生長在一個，努力什麼也不代表的環境裡。

新詩類評審意見

〈三別〉

楊澤

〈三別〉乍看十分亮眼，擺明是首（如今少見）戛戛獨造，有大企圖心的現代詩，既向杜甫原作致敬，也是某種全面規模，拼貼詩聖原作的後現代變奏。

此詩中段〈陲老別〉，諧擬杜甫原作〈垂老別〉，改寫當代都更現象，寫一個被迫遷的姥姥，離奇的是，姥姥還記得，反覆碎唸杜甫的詩句「人生有離合」，不免讓人想起瘂弦有名的二嬤嬤，「壓根兒也沒見過退思妥也夫斯基」，似有異曲同工之妙。然而，都更只是年輕詩人「感慨系之」的引綫，整首詩的著眼點其實要大得多，詩人要問的毋寧是：定居於網路世界的當代人，「拼貼的心靈在光纖路上流浪」，何以為家？在作者眼裡，更大的悲歡離合，更大的無常就發在網路臉書等電子媒介上，他形容，相對於看得見的都更，網路城市的大舉來襲，這才是一場看不見的，以假亂真的「革命戰役」：

限時動態進入無限輪圈
有如兵車的大舉入侵
我們在影像中構築真實想像
與呼吸等值　　讓直覺
靜靜淹沒時間的觸感
「誓欲隨君去」。

不過通篇細讀後，介於可解不可解的費解處頗多，作者想說的話或仍有待進一步的消化整理，時而太空泛，時而太蕪雜，感慨因此淹沒了邏輯，有些可惜掉了。

〈副作用〉

羅智成

〈副作用〉是這次參賽作品中讓我印象較深的一首詩。雖然作者用了過度隱晦而私密的象徵，導致整首作品曖昧難解，但是熟練的語法、鮮明一致的意象、悅人的節奏還是傳達了濃濃的詩意。

這首詩主要表達的，是兩性情感中的疏離與變異，字裡行間充滿強烈的自我意識與無奈的情緒。副作用指的是過敏、病變、還是自身靈魂的改變？看似都有；那麼主作用指的，應該就是滿足愛戀的癮頭與耽溺吧？

從「傍晚被你碰觸過的地方／全都長出／沒有名字的草」等句子，以及刺穿、鑿開等字眼，我們可以感受到，在兩人相處過程中，彼此生命相互干涉、相互影響、相互傷害的深刻；也感覺到情感到了臨界點的緊張。可惜呼之欲出的貝類意象，如含沙、出水等，雖然生動、貼切，卻顯得含混、雜亂，始終無法把讀者安置在安適的閱讀位置上。

〈幼稚園〉

楊澤

〈幼稚園〉是首十來行短詩，同樣充滿年輕人面對多變世界，世道的感慨，怨憤之情溢於言表，詩風卻相當不同。我尤其欣賞此詩「結語」，也就是第二段所構成的最後五行，大有古典絕句的那份機警及氣勢，堪稱畫龍點睛，直直命中核心，令人有以小搏大的完勝感。

然後再要求人們長大
把自我投到社會裡磨碎
還要快樂的血肉模糊
快樂的面目全非
社會無限循環完整的摧毀殆盡

「快樂的血肉模糊」，「快樂的面目全非」是反諷力道十足的矛盾語（oxymoron）。但最後一行，「社會無限循環完整的摧毀殆盡」，也許才是証明此作的最為可觀之處。

如果以〈幼稚園〉與〈三別〉二作並舉，新一代年輕詩人似乎被迫得同時面對「轉大人」與「出社會」的困境。幼稚園與成人社會形成無比強烈的反差，這裡「社會」最終指的是什麼不言而喻：一種襲捲一切，無限循環並摧毀殆盡的處理機；一種吃人不吐骨頭的怪物，令人不寒而慄。

〈信徒〉

羅智成

〈信徒〉這首詩處理的主題很特別。作者努力在有限的篇幅裡表現出宗教的雙面性以及信徒的兩難，並聚焦於某種「疑神」的觀點：一方面認為淨土、樂園的不可期待，一方面認為超越眾生的神靈漫不經心，缺乏善意。

論理的詩並不好寫，整首作品處理得較好的，還是關於信徒困境的描述：他們高估了宗教的應許，也高估了被選出的自己，在信仰的實踐中一直堅持、受苦，但是最後在盡頭等待他們的，可能只是一連串的失望。

「前方是渺茫的希望／後方是蒼涼的絕望」，然而你所能做的，就只有：先行放棄，或者等著祂放棄你。這是一首因悲觀而顯得神智清明的詩。

INK PUBLISHING

在船上

二〇一八全國台灣文學營創作獎得獎作品集

作　　者　　蕭培絜、張毓中、許明智、林鏡宇、李唯廷、陳研諭、許巽絜、朱延喻、李冠玟、陳濟玫、拉麵
總 編 輯　　初安民
責任編輯　　蔡俊傑
美術編輯　　黃昶憲
校　　對　　蔡俊傑

發 行 人　　張書銘
出　　版　　INK印刻文學生活雜誌出版股份有限公司
新北市中和區建一路249號8樓
電話：02-22281626
傳真：02-22281598
e-mail：ink.book@msa.hinet.net
網　　址　　舒讀網http：//www.sudu.cc

法律顧問　　巨鼎博達法律事務所
施竣中律師
總 代 理　　成陽出版股份有限公司
電話：03-3589000（代表號）
傳真：03-3556521
郵政劃撥　　19785090 印刻文學生活雜誌出版股份有限公司
印　　刷　　海王印刷事業股份有限公司

港澳總經銷　　泛華發行代理有限公司
地　　址　　香港新界將軍澳工業邨駿昌街7號2樓
電　　話　　852-27982220
傳　　真　　852-27965471
網　　址　　www.gccd.com.hk

出版日期　　2018年10月　　初版
ISBN　　978-986-387-266-5

定　價　　199元

國家圖書館出版品預行編目資料

在船上
二〇一八全國台灣文學營創作獎得獎作品集
/ 蕭培絜 等著. -- 初版. -- 新北市 : INK印刻文學,
2018.10　面；　公分
ISBN 978-986-387-266-5 (平裝)
863.3　　107017599